I0648303

Albert Pick

Schiller in Erfurt

Albert Pick

Schiller in Erfurt

ISBN/EAN: 9783741193996

Hergestellt in Europa, USA, Kanada, Australien, Japan

Cover: Foto ©Andreas Hilbeck / pixelio.de

Manufactured and distributed by brebook publishing software
(www.brebook.com)

Albert Pick

Schiller in Erfurt

Schiller in Erfurt

von

Albert Pick.

Halle a. S.
Druck und Verlag von C. A. Kaemmerer & Co.
1898.

„Sieben Städte," so berichtet ein griechisches Sinn-
gedicht, „streiten sich um die Ehre, die Heimat Homers
zu sein," und in ähnlicher Weise erheben in unserer Zeit
verschiedene Stadtgemeinden den Anspruch, sich zur Feier
des Lieblingsdichters unserer Nation Schillerstädte,
oder doch Schillerstätten nennen zu dürfen. Nicht als
ob im wörtlichen Sinne jenes hellenischen Epigramms jede
einzelne derselben für den Geburtsort des grossen Mannes
gelten wollte, — diese Bezeichnung kann selbstverständlich
nur auf eine von ihnen passen — ; es kommt den genannten Kommunen vielmehr nur darauf an, im Lapidar-
stil kund zu thun, dass mehr als ein Blatt ihrer Zeitbücher
von der Wirksamkeit dieses Geistesheros in ihren Mauern
Zeugnis ablegt.

Das ist freilich ein greller Kontrast zu des Dichters
Erdenwallen. Ankämpfend den grössten Teil des Lebens
hindurch gegen bittere Not und Sorge, gegen „die Angst
des Irdischen," im wahren Sinne des Wortes ein Heimat-
loser,

„Musst' es die Laufbahn nach des Ruhmes Zinnen,
Ein flüchtig Wild, auf steilstem Pfad beginnen [1]."

---

1) Das Schiller-Fest zu Lübeck. Zur Erinnerung an die Säcular-
feier von Fr. v. Schillers Geburtstag am 10. November 1859. (Mit
Portrait) Lübeck. H. G. Rathgens, 1859 S. 23 (E. Geibel, Festgedicht.)

Jetzt aber rechnen ihn Marbach, Stuttgart, Mannheim, Dresden, Jena, Weimar, und — Erfurt stolz zu den
ihrigen [1]).

Ja auch die Stadt des Bonifatius und Luthers ist in
der Literaturgeschichte seit einer Reihe von Jahren den
durch Schillers wiederholte Anwesenheit geweihten Orten
hinzugesellt werden, — Dank den Forschungen zweier
erfurtischer Gelehrten, die nun schon beide seit länger als
einem Lustrum die hellen Augen für immer geschlossen
haben, — des Realschullehrers Dr. Robert Boxberger [2])
und des Majors a. D. Ottomar Eduard Seidel [3]). Es

1) Die Zahl der „Schillerstädte" liesse sich bei weiter gefassten
Beziehungen unschwer vermehren. So hat auch Mainz seit dem 18.
Oktober 1862 sein Schiller-Denkmal, errichtet unserem grössten Volks-
dichter aus Dankbarkeit wegen der Befreiung von der französischen
Herrschaft, Vgl. Karl Klein, Rede auf Schiller bei dem Bankett nach
der Enthüllung des Schillerdenkmals in Mainz ... Mainz 1862 Druck
der Seifert'schen Buchdruckerei (H. Prickarts), S. 8—9.

2) Ein kurzer Nachruf auf Boxberger findet sich im XIII.
Bande des Goethe-Jahrbuchs (Frankfurt a. M. 1892), S. 251. Von ihm
ist hier in erster Reihe zu erwähnen sein Vortrag „Schillers Beziehungen
zu Erfurt," — Jahrb. d. Kgl. Akademie die gemeinnützigen Wissenschaften zu Erfurt, N. F. VI. Erfurt 1870, S. 18—50.

3) Ottomar Eduard Seidel wurde am 19. Mai 1816 zu
Freyburg a. Unstrut geboren Von seiner Mutter Christiane, geborenen
Otto, — Christelchen genannt, — einer Pastorstochter, die öfter in
Lauchstädt Gelegenheit gehabt hatte, Schiller zu sehen, erbte er jene
ihm eigene tiefe Pietät für den Dichter, welche ihn antrieb, alle ihm
gegönnte Musse auf Erforschung des Lebens und der Dichtungen
Schillers zu verwenden. Daher rührt seine ausgebreitete Kenntnis
von Einzelnheiten, die Schiller betrafen, und mit der er gern und
hingebend anderen zu Diensten stand. So sind durch ihn, um andere
Schriftsteller zu übergehen, Emil Palleske und Wilhelm Fielitz vielfach in ihren literarhistorischen Arbeiten gefördert worden. Bei aller
wissenschaftlichen Thätigkeit war Seidel viele Jahre hindurch ein ge-
wissenhafter Offizier; er stand beim 32. Infanterie-Regiment in Halle
und lebte seit 1860 (oder 1861) in Erfurt, zuletzt mit dem Titel eines
Majors z. D. Er starb nach kurzem Krankenlager am 7. Januar 1892. —
Auf Seidels hierher bezügliche Arbeiten wird im Folgenden an den
einzelnen Stellen verwiesen werden.

heisst nur eine Pflicht der Gerechtigkeit erfüllen, wenn der
Verfasser als die Grundlagen für seine nachstehenden Mitteilungen deren Arbeiten bezeichnet, denen so manches
aus eigener Bemühung Gewonnene teils bessernd, teils er-
weiternd hinzuzufügen ihm vergönnt war.

Wie im ganzen übrigen Deutschland, so wurde Schillers
Genius auch in Erfurt zuerst durch „die Räuber" bekannt.
Ich sage sein Genius, nicht sein Name; denn das Stück
war Anfang Juli 1781 im Selbstverlage des Verfassers erschienen, ohne dass sich dieser auf dem Titel genannt hätte.
Bereits am 24. Julius eben desselben Jahres brachte die
damals erst seit kurzem unter Aufsicht der Erfurter
„Akademie" stehende Erfurtische gelehrte Zeitung im
35. Stück eine ausführliche und geistreiche Besprechung
des noch ganz neuen Schauspiels. Diese schnelle Wanderung
der dramatischen Erstlingsfrucht eines unbekannten Genies
vom Ufer des Neckar bis zum Gerastrande entbehrt nicht
einer wahrscheinlichen Erklärung. Der kurpfälzische Ge-
heime Rat und Theater-Intendant zu Mannheim, der damals
im 32. Lebensjahre stehende Wolfgang Heribert von
Dalberg, der eifrig bestrebt war, die seiner Leitung an-
vertraute Bühne zu einer Musteranstalt zu machen, hatte,
wie man weiss, aus den ihm vom Buchhändler Schwan ins
Haus gesandten Aushängebogen der „Räuber" die ge-
waltige poetische Kraft des jungen Autors erkannt. Von
ihm wurde höchst wahrscheinlich das neu erschienene
Schauspiel seinem seit 1772 als Statthalter zu Erfurt resi-
dierenden Bruder Karl Theodor von Dalberg übersandt,
und so das Bekanntwerden der Dichtung in Erfurt veranlasst. So fällt auf jenen als auf Schillers ersten Protektor
„eine Strahl der Dichtersonne," hell genug, um seinen
Namen unstrerblich zu machen, — freilich in einer anderen
Weise, als es der seines gleichnamigen Stammverwandten
in der Vorzeit war, jenes Heribert von Dalberg, der im
Jahre 1002 den erzbischöflichen Stuhl von Köln inne hatte und
in dieser seiner Würde den Kaiser Heinrich II. gekrönt hat.

Der andere Dalberg des 18. Jahrhunderts aber, der
als der „Coadjutor" in den Herzen der dankbaren Erfurter
noch lange fortleben wird, hat dann jedenfalls den ihm
auch sonst — wie bei seinem „Privattheater" [1]) zu Diensten
stehenden Schriftsteller, Roman- und Lustspieldichter
Christian Friedrich Timme [2]) dazu veranlasst, jene
gründliche Rezension in der „Erfurtischen Gelehrten
Zeitung [3])" zu veröffentlichen, die bei aller Abneigung gegen
das Geniewesen [4]) und bei all ihrer „Lessingischen" Ein-

---

1) Vgl. Johannes Falks Reise nach Jena und Weimar im Jahre
1794. Mitgeteilt von Heinrich Doering im „Weimarischen Jahrbuche"
VI. Bds. 1. Hft., herausgeg. von Hoffmann v. Fallersleben, S. 26/27.

2) Vgl. Constantin Beyer, Nachträge zu der neuen Chronik von
Erfurt, vom Jahre 1736 bis 1815. Erfurt 1823, S. 31. Beyers Angaben
sind in diesem Falle ungenau. Als Paten Timme's nennt das Arnstädter Taufregister:

1. Herrn Friedrich Ludwig Möller, Raths-Bauherrn und Tuchhändler.
2. Herrn Johann Nicolai Schneiders Diac. Eheliebste Frau Maria
Christina geb. Kochin.

Nach Johann Georg Meusel, Lexicon der vom Jahr 1750—1800
verstorbenen deutschen Schriftsteller. Vierzehnter Band. Leipzig 1815,
ist Christian Friedrich Timme im J. 1752 zu Arnstadt geboren und am
7. Junius 1788 gestorben. Ebenda findet sich ein ausführliches Verzeichnis von Timmes Schriften. Vgl. auch Goedeke, Grundriss 4²,
220, -- O. E. Seidel, Das Anknüpfen von Schiller und Lotte mit
Dalberg. (Thüringer Zeitung 1884 No. 21, 25. Januar.) — Ueber die
von Timme herausgegebenen Zeitschrift „der Luftbaumeister" siehe
das „Allgem. Sachregister über die wichtigsten deutschen Zeit- und
Wochenschriften, voran ein raisonn. Verzeichnis." Leipzig 1790; 1, 342
— Dass T. der Verfasser der mit — e unterzeichneten Rezension der
„Räuber" war, hat Boxberger nachgewiesen.

3) Erfurtische gelehrte Zeitung. Fünfunddreissigstes Stück am
vierundzwanzigsten Julius 1781. S. 273—279. Die Rezension ist teilweise abgedruckt bei E. Boas, Schillers Jugendjahre, herausgegeben
von Wendelin von Maltzahn zweiter Band. Hannover 1856 S. 8 ff. —
Jetzt ist sie vollständig zu finden in „Schiller und Goethe im Urteile
ihrer Zeitgenossen" von Julius W. Braun. Erste Abtlg.: Schiller.
Erster Band Leipzig 1882 S. 1—7.

4) Diese Tendenz spricht sich besonders aus in Temme's „Tausch
der Brüder oder das Schenie," eine Farce; Erfurt 1781, 8. — Vgl. Erf.
gel. Ztg. 38. St. v. 11. Aug. 1781, S. 297—298.

seitigkeit [1]) doch so wohlthätig absticht von der gleichzeitig in der „Allgemeinen Deutschen Bibliothek" erschienen oberflächlichen Besprechung des neuen Stückes [2]).

Über die Herkunft und Geburtszeit dieses thüringischen Literaten war man bisher nicht genügend aufgeklärt. Denn wusste man auch, dass er ein geborener Arnstädter war, so schwankten doch schon die Angaben über seine Vornamen, indem ihn Constantin Beyer, „Christian Heinrich Timme," Georg Meusel und andere „Christian Friedrich Timme" nannten. Sodann bezeichnet jener, abweichend von der gewöhnlichen Angabe, als das Geburtsjahr Timmes das Jahr 1751, während dasselbe sonst 1752 heisst. Nun besagt aber das Arnstädter Taufregister von 1750—1769, dass der am 30. März 1752 um Mitternacht geborene Sohn des Herrn David Timme, „Hoff- und Lustgärtners," und der Martha Emilia Timmin, geborenen Conradin, im Schlossgarten wohnhaft vom Magister Olearius am 2. April genannten Jahres auf die Namen Christian Friedrich getauft worden ist. Das ist der Ursprung jenes Mannes, der Schillers „Räuber" in dem Kreise der Erfurter Academiker zuerst bekannt gemacht hat.

Vieles von dem, was die Mit- und Nachwelt, ja sogar nach wenig Jahren der Dichter selbst an diesem Produkte der Sturm- und Drangperiode gelobt und beklagt hat, hat unser Kritiker schon an der Wiege dieses Kindes „der Subordination und des Genius" verkündet. Der junge Erfurter Gelehrte bezeichnet das Trauerspiel „Die Räuber" als eine Erscheinung, die sich unter der unübersehbaren Menge ähnlicher Sächelchen gar sehr auszeichne, und die wahrscheinlich noch fortdauern werde, wenn jene

---

1) J. Minor, Schiller. Sein Leben und seine Werke dargestellt. Erster Band, Berlin 1890. S. 391—396.

2) Allgemeine Deutsche Bibliothek, des neunundvierzigsten Bandes erstes Stück. Berlin und Stettin verlegts Friedrich Nicolai, 1782, S. 127. Verfasser dieser kurzen und vollständig absprechenden Kritik ist Adolph Franz Ludwig Freiherr von Kniggo. Vgl. E. Boas, a. a. O., S. 8 ff.

schon in ihr Nichts zurückgegangen seien. Den Verfasser charakterisiert er als einen jungen Mann, der bei einem raschen Kreislauf des Blutes und einer fortreissenden Einbildungskraft ein warmes Herz voll Gefühl und Drang für die gute Sitte habe, und er spricht die Prophezeihung aus, dass wenn wir je einen „teutschen"Shakespeare zu erwarten hätten, dieser es sein werde. Shakespeares Name erscheint hier für Schiller gewissermassen providentiell, denn „wer wüsste nicht," sagt August Koberstein in seiner Rede „Shakespeare in Deutschland," „welchen Einfluss Shakespeare auch auf Schiller's tragische Dichtungen überhaupt und welchen ganz besonders auf die Vollendung seiner beiden herrlichsten Werke, des „Wallenstein" und des „Tell" gehabt hat . . . ?" [1])

Der Ruhm des grossen Briten wird unserm jungen Poeten auch noch in jener merkwürdigen Ankündigung der „Räuber" vorausgesagt, die der Schauspieldirektor Böhm in No. 16 des „Frankfurter Staats-Ristretto" vom Dienstag d. 28. Januar 1783 erliess und die in dem dankenswerten Aufsatze der Frau E. Mentzel, „Schillers Jugenddramen zum ersten Mal auf der Frankfurter Bühne[2]) mitgeteilt wird: „Die erhabensten Ausdrücke, die grauenvollsten Situationen, die ausserordentlich gezeichneten Charaktere zeigen aller Orten das feurige Genie eines jungen Dichters, der einst der deutschen Bühne Meisterwerke liefern, und ihr das seyn wird, was Shakespeare der Englischen war."

Um so höhere Aufforderungen aber stellt unser Thüringer Landsmann Timme an den von ihm signalisierten

1) Prof. Dr. August Koberstein, Shakespeare in Deutschland. Rede zur Shakespearefeier in Pforta den 23. April 1864, — Jahrbuch der Deutschen Shakespeare-Gesellschaft. Im Auftrage des Vorstandes herausgegeben von Friedrich Bodenstedt. Erster Jahrg., Berlin 1865. S. 8.
2) Archiv für Frankfurter Geschichte und Kunst. Dritte Folge. Herausgegeben von dem Verein für Geschichte und Altertumskunde zu Frankfurt am Main. Dritter Band. Frankfurt a. M. 1891. S. 238 ff. S. 249—250.

Meister. Er tadelt neben manchem anderen die in den
„Räubern" hervortretende Neigung Schillers, nicht gern
einen glänzenden Gedanken zu unterdrücken, — ein von
da an bis auf Vilmar und Kuhn[1]) herab zweifellos mit
Recht wiederholter Vorwurf. Indem er sodann einerseits
die meisterhafte Anlage und Ausführung der Charaktere
im allgemeinen rühmend hervorhebt, findet er denjenigen
des Franz Moor doch nicht in Übereinstimmung mit der
wirklichen Menschennatur, die nie so ganz, so durchaus,
so ununterbrochen böse sei. —

Kein Geringerer als Schiller selbst scheint dieses
Urteil zu bestätigen, und zwar in der „Ankündigung der
rheinischen Thalia,"[2]) wo er höchst freimütig von seinen
„Räubern" spricht und damit beweist, dass er in den auf
sein erstes Debut als Dramatiker folgenden drei Jahren
ein ganz Anderer geworden ist. Schon früher hatte die
Timme'sche Kritik durchschlagend auf den Dichter gewirkt,
insofern dieser bei seiner Umarbeitung der „Räuber," wie
er in seinem Briefe an Heribert von Dalberg vom 6. Oktober
1781[3]) gesteht, ganz nach dem Sinne seines „Erfurter

---

1) A. F. C. Vilmar, Geschichte der deutschen National-Literatur.
16. Afl. Marburg und Leipzig 1874, S. 490. — Dr. A. Kuhn, Schiller's
Geistesgang Berlin 1863, S. 53–54.

2) Die vielfach angeführten Worte mögen gleichwohl auch hier
folgen: „Verhältnissen zu entfliehen, die mir zur Folter waren, schweifte
mein Herz in eine Idealwelt aus — aber unbekannt mit Menschen und
Menschenschicksal musste mein Pinsel nothwendig die mittlere Linie
zwischen Engel und Teufel verfehlen, musste er ein Ungeheuer hervorbringen, das zum Glück in der Welt nicht vorhanden war." Deutsches
Museum, zweiter Band. Julius bis Dezember 1784. Leipzig, in der
Weygand'schen Buchhandlung, S. 565.

3) Schillers Briefe. Kritische Gesamtausgabe herausgegeben und
mit Anmerkungen versehen von Fritz Jonas. Stuttgart, Leipzig, Berlin,
Wien 1892. 1. Bd. Brief 19, S. 41 ff. — Die Umarbeitung des „Räuber"
erschien unter dem Titel: „Die Räuber." Neue für die Mannheimer
Bühne verbesserte Auflage. Mannheim in der Schwanischen Buchhandlung. 1782. — Vgl. Schillers sämmtl. Schriften Histor.-krit. Ausg.
v. Karl Goedeke 11. Stuttgart 1867. S. 207 ff.

Rezensenten" Zusätze, Auslassungen und Abänderungen
vorgenommen hat, die meistens geeignet waren, dem Stück
einen höheren Wert zu verleihen.

Freilich betont Minor mit Recht, dass Timme von dem
Verständnisse Shakespeares und der „Räuber" weitent fernt
war. Wie hätte es auch sonst an der Möglichkeit eines Franz
Moor, dieses Geschwisterkindes Richards III. dessen Übereinstimmung mit dem Shakespearischen Vorbilde sich noch ein-
gehender nachweisen lässt, als dies bisher geschehen ist, [1])
überhaupt nur zweifeln können? — Ausserdem hat der Kritiker die versteckte Tendenz der Vorrede, [2]) in der ihn Worte
wie „Abderiten" und „Pöbel" beleidigten, nicht durchschaut.

Immerhin muss die Timme'sche Rezension als epoche-
machend bezeichnet werden; sie war ganz dazu geeignet,
die Augen unserer Vorfahren auf den erst am 22. Oktober
im 50. Stück der „Erfurtischen gelehrten Zeitung" auf das
Jahr 1781 namhaft gemachten Verfasser, „den Herrn
Regimentsdoktor Schiller zu Stuttgardt," [3]) hinzuleiten

---

1) Es sei hier — zunächst im Anschluss an Minor — gestattet,
auf die Uebereinstimmung zwischen dem Monolog Franz Moors —
„Räuber" I. Akt, 1. Auftr. „Ich habe grosse Rechte über die Natur
ungehalten zu seyn" u. s. w. und demjenigen Glosters in „König Richard
dem Dritten," I. Akt., 1. Auft.: „Doch ich, zu Possenspielen nicht
gemacht" — u. s. w. hinzuweisen. Sodann treten in Parallele die
Scene zwischen Franz und Amalia („Räuber; III. Akt, 1. Auft.) und
die zwischen Gloster und Anna („König Richard der Dritte," I. Akt,
2. Auft.), in denen sogar derselbe Degen, der gegen die Brust des
schlimmen Bewerbers gezückt ist, eine Rolle spielte. —

2) Eigentlich sind es zwei Vorreden, — die eine, alsbald unter-
drückte, mit schärferen Worten, und die zweite, im Ausdrucke wesent-
liche gemilderte. Vgl. Schillers sämmtl. Schriften v. K. Goedeke. II.
Th. Die Räuber. Wirtembergisches Repertorium, hggg. v. W. Vollmer,
Stuttgart 1867. S. 5—6. S. 8. —

3) E. Boas, a. a. O., II. Anmerkung zu S. 15, — Erfurtische
gelehrte Zeitung aufs Jahr 1781. S. 400. Kurze Nachrichten III:
„Das in der letzten Jubilatemesse (ohne Benennung des Verlegers
und Druckorts), bey Metzler in Stuttgardt herausgekommene Schauspiel,
die Räuber, hat den Herrn Regimentsdoktor Schiller zu Stuttgardt
zum Verfasser."

So wird es erklärlich, dass, als „die von Ihro Churfürstlichen Gnaden zu Mainz höchstgnädigst privilegierte
Gesellschaft deutscher und wohlstudierter Schauspieler,
unter der Direktion P. F. Ilgener," von Mitte April 1782
an „die beliebte Stadt Erfurt" „mit den allerschmackhafte-
sten Schau-, Lust- und Trauerspielen, komischen Opern, wie
auch Ballets" „amusieren zu wollen ankündigte, ¹) — dass der
bei der Eröffnungsfeier am 20. April gesprochene Prolog neben
Shakespeare'schen und Lessing'schen Dramen an letzter Stelle
„die Räuber" als eines der neuen Meisterstücke erwähnt, die
Thalia den Kunstfreunden zu bieten in der Lage sei:

„Aber mögten wir auch Franz von Moor,
Wenn schon gräslich — nur als Warnung sehn,
Mögten wir am Todesthor
Seines Vaters — Karl von Moor,
Ihn den besseren Bruder sehen —
Mitleid für den Mann erflehen
Nur bey einem solchen Geist
Konnte gut und böse sich vereinen
Mögten wir doch mit Amalien weinen —
Dass sie ihn verlor —
Mögten wir — denn süss ists für den Geist —
Mit hinschwindeln in die raschen Szenen,
Die der Dichter der Natur entreisst
Im Gefolge aller anderen Schönen
Von dem Pindus — und so herrlich mahlt
Und durch unsre Thränen sich bezahlt." — —

1) Erfurthisches Intelligenz-Blatt, bestehend in Anfragen und
Nachrichten für das Publikum mit untermischten gemeinnützigen
ökonomischen und moralischen Abhandlungen. Fünfzehntes Stück. Sonnabends den 13. April 1782 S. 117. — Sechszehntes Stück. Sonnabends
den 20. April 1782. S. 127—128. — Siebenunddreyssigstes Stück. Sonnabends den 14. Sept. 1782 S. 2 — Vierundvierzigstes Stück, Sonnabends
den 2. Nov. 1782, S. 338: „Künftigen Dienstag wird auf dem Gesellschafts-Theater aufgeführt: Die Räuber, Trauerspiel von Schiller; auf
den Freytag: Paridom Wrantpott, ein Lustspiel von Bock." — Vgl.
dazu O. E. Seidel, Das Anknüpfen von Schiller und Lotte mit Dalberg.
Thüringer Zeitung, 1884, No. 21 vom 25. Januar. —

Ob es freilich unter Ilgener in Erfurt zu einer Aufführung der „Räuber" kam, ist zweifelhaft; denn die mit Pauken und Trompeten eingeleitete Theatersaison fand schon im September ein jähes Ende, insofern im Intelligenzblatt vom 14. September 1782 „für den nächstkünftigen Donnerstag als den 19. dieses und folgende Tage" eine gerichtliche Versteigerung der „von dem Schauspiel-Directeur Ilgener zurückgelassenen theatralischen und anderen vollkommen brauchbaren Kleidungsstücke und anderen Sachen" im „Gasthof zum grünen Schilde" angekündigt ward.

Bei dem also mehrfach erweckten Interesse an der neuen Dichtung war es kein Wunder, dass am 5. November 1782 „Die Räuber, ein Trauerspiel von Schiller," auf dem Erfurter Gesellschafts-Theater, im „Universitäts-Ballhause", dem heutigen „Kaisersaale", durch Dilettanten und zum Besten der hiesigen Armen nun wirklich zur Aufführung kamen[1]). So dürfte Erfurt nächst Mannheim, Leipzig und Hamburg der vierte Ort gewesen sein, in dem „die Räuber" vorgeführt wurden, wofern nicht, was unwahrscheinlich ist, die erste Mainzer Aufführung, die nach der Angabe von E. Mentzel vor dem 19. November 1782 stattfand, auch noch vor den 5. November zu rücken wäre. Seitdem schwärmten nicht bloss „die Gebildeten" in der Stadt Erfurt für Schillers Erstlingsdrama. In jener guten, alten Zeit, in der politische Fragen das öffentliche Interesse nur in verschwindend

---

1) Nach Minor 1, S. 404, bzw. 408—409 („Die Räuber auf den deutschen Bühnen") war die erste Aufführung in Mannheim am 13 Januar 1782, die in Leipzig am 20. September, in Hamburg am 21. September. Von anderen Städten folgte nach demselben Forscher Berlin am Neujahrstage 1783; indessen sind hier die von E. Mentzel a. a. O. nachgewiesenen Vorstellungen zu Frankfurt am 19. November 1782 und zu Mainz, einige Tage vor diesem Termine, einzuschieben. Nach einer brieflich ausgesprochenen Vermutung der Frau Mentzel lag zwischen der Frankfurter und der Mainzer Première der „Räuber" höchstens ein Zeitraum von 8 Tagen. — Von der ersten Erfurter Aufführung berichtet Minor nichts.

geringem Masse in Anspruch nahmen, durchdrang die Begeisterung für die Dichtkunst alle Bevölkerungsschichten[1]. Ein Beweis hierfür ist die Thatsache, dass im Todesjahre Schillers 1805, und zwar zu Martini, am 11. November, verschiedene Schuhmachergesellen unter der Leitung eines gewissen Christian Fratschner aus Weissenfels von der erfurtischen Stadtbehörde die Erlaubnis erbaten und erhielten Schillers Räuber „am Steiger", d. h. im „Steigerhause" aufzuführen[2]. Das Gesuch dieser kunstliebenden Handwerker und die Antwort des Erfurter Magistrats verdienen der Vergessenheit entrissen zu werden. Das erste dieser beiden Schreiben lautet wörtlich:

„Einen Hochedlen Magisrat (!) wollen hiermit eine Gesellschaft vereinigter Schuhmacher Gesellen, zu ihren Unternehmen, heute Abend am Steiger eine Vorstellung geben zu dürfen, um gnädige Erlaubniss dazu, bitten. Wir haben uns seit einigen Wochen in arbeitsleeren Stunden dazu vorbereitet, bestehen meistens aus Leuten die neben ihren Verdienst noch von Hause etwas dazu zu verwenden haben, und sind gesonnen, dieselbe Vorstellung, nächsten Montag auf hiesigem National-Theater, mit gnädigster Erlaubniss, zum Besten der Armen, zu geben. Wir versprechen, dass wir in keiner Hinsicht der Sittlichkeit zu nahe treten, noch sonst eine Unregelmässigkeit durch unser Verhalten herbei führen werden. Wir stehen bescheiden in der Meinung, dass wir damit den heutigen Tag, der sonst immer mit Müssiggang und tumultuarischen Betragen hingebracht wurde, zweckmässiger von uns verlebt würde (!), wenn wir unsere bescheidenen Wünsche und Bitten, nicht durch fehlgeschlagene Hoffnung getäuscht sähen.   (gez.) Chr. Fratschner,
[No. 93 Nov.]   aus Weissenfels.

1) Vgl. Lina Walther, Die Frau Marquise Hamburg 1892, S. 91.
2) Erfurter Stadt-Archiv Abth. XVI, e No. 6. Acta wegen von verschiedenen Handwerksgesellen nachgesuchter Erlaubniss theatralische Vorstellungen geben zu dürfen. 1805—10.

Darauf erging folgende Antwort:

(ad 93 Nov.)

Erfurt d. 11. Nov. 5.

An den Schuhmacher Chr. Fratschner

hier.

Dem Schuhmachergesellen Chr. Fratschner lassen wir auf seine Eingabe ohne Datum hiermit die Resolution ertheilen: dass wir zwar für diesesmal in Rücksicht der schon getrofnen Veranstaltung und des gehabten Aufwandes eine theatralische Vorstellung am Steiger gestatten wollen, dem Supplikanten aber daneben auferlegen, nicht nur das Stück und die spielenden Personen vor der Vorstellung annoch anhero anzuzeigen, sondern auch bei der Aufführung desselben auf Ruhe, Ordnung und gute Zucht zu halten, indem wir ihn und die Mitspielenden wegen des etwa vorfallenden Unfugs verantwortlich machen. Das Gesuch um Erlaubniss zur Wiederholung des Stücks auf hiesigem öffentlichen Theater hingegen kann aus bewegenden Gründen nicht willfahret werden.

D. M. H.

v. d. 11ten 9br

Stempel: Sechs G. Groschen Cassirt zur Concession für den Schuhmachergesell Chr. Fratschner."

Der — handschriftlich eingereichte — Theaterzettel lautete folgendermassen:

Erfurt,

den 11. Nov. wird im Theater

am Steiger aufgeführt:

Carl Moor, oder die Räuber

ein Trauerspiel in fünf Aufzügen

von Friedrich Schiller.

Personen:

Maximilian, regierender Graf von

Moor, · — — — Schubert aus Töplitz.

Carl } seine Söhne — Brandenburger aus Bayern.

Franz } — — Fratschner aus Weissenfels.

Amalia, seine Nichte, —		—	Schäfer aus Mühlhausen.
Spiegelberg	— — —	—	Fuchs aus Schlesien.
Schweizer	— — —	—	Hartmann aus Schwarzburg.
Grimm	Libertiner,	—	Schumann aus Leipzig.
Schufterle	nachher	—	Engert aus Dresden.
Roller	Banditen.	—	Hesse aus Arnstadt.
Ratzmann	— — —	–	Lachner aus Wien.
Kosinsky	— — —	—	Trinkler aus Zerbst.
Herrmann, Bastard eines			
Edelmanns	— —	—	Müller aus der Pfalz.
Eine Magistrats-Person		—	Langenhahn aus Gotha.
Daniel, ein alter Diener		—	Schulz aus Hamburg.

Der Ort der Handlung ist Deutschland, das Stück spielt zu der Zeit, als der ewige Landfriede in Deutschland errichtet ward.

Fr."

Diese Aufführung muss entschieden Beifall gefunden haben; denn unterm 20. Januar 1806 kamen die „Künstler", als deren Vertreter sich diesmal Joseph Brandenburger „qua Directeur" aufspielte, beim Magistrat um die Erlaubnis ein „am 24. dieses, oder, wenn dieser Tag nicht schicklich wäre, an einem anderen, vom höchlöblichen Magistrate zu bestimmenden Tage, Schillers Räuber „auf dem hiesigen Theater," „zum Besten der hiesigen Armen" wiederholen zu dürfen. Nach dem eingereichten Theaterzettel war die Besetzung der Rollen ungefähr dieselbe geblieben: im Wortlaute desselben fanden sich nur folgende Abweichungen von dem früheren:

Carl	— — — — —	Brandenburger aus Neumark.
Amalia	— — — — —	Mad. Burgmann.
Spiegelberg	— — — —	Fuchs aus Pless.
Schweizer	— — — —	Hartmann aus Königsee
Ratzmann	— — — —	Herrmann aus Bayern.

Der Anfang ist um halb 6 Uhr.

Indessen erfolgte diesmal seitens des Magistrats (gez. Weissmantel) unterm 22. Januar ein abschlägiger Bescheid, da das „hiesige Theater" bereits an die Widderische Gesellschaft überlassen sei, und man daher nicht erlauben könne, dass derselben in ihrer Nahrung Abbruch geschehe; auch könne sonstiger eintretender Umstände halber dem Gesuche nicht willfahret werden.

Die „sonstigen Umstände" sind wohl darin zu suchen, dass schon, vermutlich von der oben erwähnten regelrechten Truppe, für Donnerstag den 23. Januar 1806 eine Wohlthätigkeits-Vorstellung geplant war, deren Besuch den Erfurtern durch ein behördliches Publicandum im Intelligenz-Blatte vom 22. Januar mit warmen Worten ans Herz gelegt wurde. — —

Kehren wir nunmehr zurück zu jener Periode, da Schillers dichterisches Talent sich in immer herrlicheren Krystallen niederschlug, ohne dass wir jedoch auf die unmittelbar an das Erscheinen der Räuber sich anschliessenden Phasen seines Lebens näher eingehen, — seine Flucht aus Stuttgart, seine sorgenschweren Wanderungen nach Mannheim, Oggersheim, Bauerbach, und zurück nach Mannheim, wo er, der inzwischen „die Verschwörung des Fiesko zu Genua" und die „Luise Millerin" vollendet, als Theaterdichter angestellt ward. In diesen zweiten Mannheimer Aufenthalt fällt ein gegen Ende April 1784 mit den Schauspielern Johann David Beil[1]) und A. W. Iffland gemeinsam unternommener Ausflug nach Frankfurt. Diese Beiden waren von dem Theaterdirektor Grossmann zu einem Gastspiel nach der schönen Mainstadt eingeladen worden; auf ihrem Repertoire stand auch das bürgerliche Trauerspiel

1) Beil (Johann David), Schauspieler bey der Speichischen Truppe seit 1776, mit welcher er 1777 in Erfurt auftrat, dann bey dem Hoftheater zu Gotha; bey dem kurfürstlichen Nationaltheater zu Mannheim seit 1779: geb. zu Chemnitz 1754, gestorben am 15. August 1794. Schrieb Schau- und Lustspiele; Gedichte in den Gothaischen Taschenbüchern für die Schaubühne. (Johann Georg Meusel, Lexikon der vom Jahre 1750—1800 verstorbenen teutschen Schriftsteller. Erster Band. Leipzig 1802, S. 300.)

„Kabale und Liebe"[1] — diesen Titel hatte, Iffland der
Luise Millerin gegeben, das am 3. Mai zu Ehren des
anwesenden Dichters über die Bretter ging. Hier, unter
der kunstliebenden Frankfurter Bevölkerung, die ihn und
die trefflichen Mannheimer Schauspieler mit hoher Aus-
zeichnung behandelte und von Gastmahl zu Gastmahl zog,
vergass Schiller die mannheimischen Bedrängnisse, — die
unbezahlten Rechnungen und die kaum gebannten Geister
des kalten Fiebers.[2] Zu dem Hochgefühl, welches ihn damals beseelte, trug besonders die Bekanntschaft mit der
anmutigen und seelenvollen Schauspielerin und Dichterin
Frau Sophie Albrecht bei, die ihm in der Rolle der
„Luise Millerin" entgegen getreten war. Es war eine
Erfurterin, die unseres Dichters Teilnahme erweckte,
ohne jedoch, wie Karl Goedeke[3] ausdrücklich hervorhebt,
und wie unten noch näher dargethan werden soll, seine
Pulse leidenschaftlicher schlagen zu lassen. Sie hatte im
Dezember 1757[4] als Tochter des Erfurter Professors der
Medizin Johann Paul Baumer[5] das Licht der Welt er-

1) Schillers Leben und Werke. Von Emil Palleske. Zehnte, neu
verbesserte Auflage. Erster Band, Stuttgart 1879, S. 445, 449, 452, 454.

2) Schillers Briefe von Jonas. I. S. 160 (Bf. 91, An Henriette
von Wolzogen, Mannheim, d. 13 November [Donnerstag] 83. — Minor,
Schiller II. S. 191—192. S. 217 ff.

3) A. D. B. I, S. 321—322, Artikel Joh. F. Ernst Albrecht.
— Das dem Theater-Kalender von 1786 entnommene Portrait von
Sophie Albrecht findet sich bei Dr. J. Wychgram, Schiller dem
deutschen Volke dargestellt. Bielefeld und Leipzig 1895, S. 141. —

4) K. Goedeke, Grundriss II² S. 1098. (Dresden 1862).

5) Vgl. Johann Georg Meusel, Lexikon der vom Jahr 1750 bis
1800 verstorbenen teutschen Schriftsteller. Erster Band. Leipzig 1802
S. 238—239. Joh. Chr st. Adelung, Fortsetzung zu Chr. Gottl. Jöchers
Allg. Gelehrten-Lexikon I Leipzig 1784, S. 1535—1536. — Danach ist
Johann Paul Baumer im Jahre 1725 zu Rehweiler in der fränkischen
Grafschaft Castell geboren und am 19. Septbr. 1771 als Doctor der
Arzneigelabrtheit und ordentlicher Professor an der Universität Erfurt
gestorben. Seine Veröffentlichungen sind: 1. Disp. exhibens prodromum
methodi surdos a nativitate faciendi audientes et loquentes. Erfurt
1749, 4. 2. Beschreibung eines zur Ersparung des Holzes eingerichteten

blickt, den Mino r[1]) irrtümlicherweise in Wielands Bildungs-
geschichte eine Rolle spielen lässt. Es liegt hier eine Ver-
wechselung mit J. P. Baumers älterem Bruder Johann
Wilhelm Baumer[2]) vor, bei demWieland im Jahre 1749
die Wolfische Philosophie hörte, und dessen Einfluss auf
den angehenden Studenten von Gruber[3]) in seinem „Leben
Wielands" so hoch angeschlagen wird. Beweis für die vor-
stehende Behauptung ist das Vorlesungs-Verzeichnis der

Stuben-Ofens; Berlin 1765, 4 (Preisschrift). 3. Unterricht, wie man
einem Menschen, so von einem tollen Hunde gebissen worden, auf
eine leichte Art helfen soll. Erfurt 1765, 4. Nach seinem Tode erschien: 4. Ökonomisch-physikalische Abhandlung über die Bienenpflege,
besonders im Thüringischen, von weil. D. J. P. Baumer, aus dem
Lateinischen übersetzt von J. L. Eyrich. Anspach. 1774, 8. —
1) Minor, Schiller. II. S. 220.
2) Vgl. J. G. Meusel, das gelehrte Teutschland, 3. Ausg., Lemgo
1776, S. 43—44. Danach ist Johann Wilhelm Baumer im Jahre
1719 zu Rehweiler in Franken geboren und am 4. August 1788 gestorben.
Er war zuletzt Doktor der Philosophie und Medicin, Hessen-
Darmstädtischer Bergrath und erster Professor der Arznei-Gelahrtheit,
auch Physikus des Oberamts Giessen, des Amts Königsberg und der
Stadt Allendorf a. d. Lunda. Seine Veröffentlichungen sind: 1. Voll-
ständige lateinische Sprachkunst nach wissenschaftlicher Lehrart ab
gehandelt Erfurt 1749, 8. — 2. De mineralogia territorii Erfordensis.
Erford. 1758, 4. — 3. Fundamenta psychologico-logica 1752, 8. — Naturge-
schichte des Mineralreiches, mit besonderer Anwendung auf Thüringen.
I. Gotha 1763. — Band II. ebenda 1764. 8. — 5) Baschii Tract. de morbis
veneris, observationibus auxit. Frankof. et Lips. 1764. 8. — 6. Historia
naturalis lapidum pretiosiorum omnium, nec non terrarum et lapidum
hactenus in usum medicum vocatorum, additis observatonibus minera-
logiam generatim illustrantibus. Frf. ad. M. 1771 8. — 7. Via valetudinem
secundam tuendi Giess, 1772. 8. — 8. Vertheidigung seiner in die Act,
der F. Hess. acad. Gesellschaft der Wissenschaften gegebenen Abhandlungen wider die in dem 5ten St. der Göttinger gel. Anzeigen 1772
vorgenommene ungegründete Beurtheilung. De glandulis et vasis lym-
phaticis. 1773. 4. — Endlich einige Dissertationes und Abhandlungen
in den Actis philos. medicis. Societatis acad. Scient. Hassiacae. —
3) Christoph Martin Wieland, Geschildert von J. G. Gruber.
Erster Theil. Leipzig und Altenburg 1815, S. 12. — Vgl. auch R.
Boxberger, Wielands Beziehungen zu Erfurt. (Jahrbücher d. Akademie,
N. F. VI.) Erfurt 1870, S. 88—89.

Erfurter Universität vom Jahre 1753 [1]) — dasjenige von 1749 war nicht zu ermitteln —, in dem philosophische Kollegien Joh. Wilhelm Baumers angekündigt werden; Joh. Paul Baumer kommt noch gar nicht darin vor. Den Namen Joh. Wilhelm Baumer „Medicinae Doctor et Professor,“ finden wir auch im Taufregister der Barfüssergemeinde unterm 19. Juli 1757 verzeichnet, gelegentlich der Bekundung, dass eine ihm um diese Zeit geborene Tochter auf den Vornamen Martha Magaretha getauft worden sei. Nach dieser Notiz wohnte Joh. Wilhelm Baumer „am Lohbank“, d. h. in demjenigen Teil der heutigen Neuwerkstrasse, welcher an den Hirschgarten grenzt. —

Zu der Verwirrung hat vielleicht der Umstand beigetragen, dass beide Brüder Professoren der „Arzeneigelehrtheit“ waren, — Joh. Wilhelm Baumer freilich, den A. II. Erhard[1]) in seinem Buche über Erfurt rühmend erwähnt, auch Philosoph und Mineralog. —

Unser Dr. Johann Paul Baumer hatte — den Erfurter „Verrechten“ von 1775 zufolge, — das zur Laurentii-Gemeinde gehörige Haus „Zur grossen und kleinen Kette“ auf der „Pilse“, — No. 1323, jetzt Pilse No. 29 — besessen, als dessen Inhaberin nach Baumers Tode bis zum Jahre 1785 seine Tochter Sophie genannt wird.

Von dieser unserer Heldin ist glaubwürdig überliefert, das sie schon in früher Jugend bedeutende Gaben des Geistes und vor allem eine grosse Energie gezeigt habe, so dass der Vater entschlossen gewesen sei, ihr eine ge-

---

1) **Almae et perantiquae universitatis Erfordiensis rector Hieronymus Fridericus Schorch Ictus., etc. etc. catalogum praelectionum et publicarum et privatarum in hac inclyta Musarum sede per annum sequentem habendarum civibus academicis promulgat. (Erfordiae, Stanno Heringiano, Acad. Typogr., MDCCLIII.) Darin steht auf der letzten Seite: (Ex facultate philosophica) D. Joann. Guil. Baumer, Phil. Prof. Publ. hora X antemeridiana fundamenta sua Psychologica-Logica proponet et hora XI. Juris naturae principia publice explicabit.

2) Dr. Heinrich August Erhard, Erfurth mit seinen Umgebungen; nach seiner Geschichte u. s. w. Erfurth, 1829, S. 101.

lehrte Bildung zu teil werden zu lassen. Es ist möglich, dass diese Nachricht auf Sophien selbst zurückzuführen ist, die in einem Dezember 1781 an Fräulein Caroline von Dacheröden gerichteten Gedichte folgendes Bekenntnis ablegte:

„Oft wenn ich von Helden hörte,
Die der laute Nachruhm ehrte,
Seuftzt' ich tief in meinem Sinn:
Ach! dass ich kein Jüngling bin! —
Rief, wenn ich von Weisheit hörte,
Die man hier nur Männer lehrte,
Und mir doch so reizenden schien:
Weh! dass ich ein Mädchen bin!" [1])

Ihr furchtloser Geist würde wohl nicht vor den Anstrengungen eines Studiums zurückgewichen sein; dafür spricht die von Schloenbach[2]) erzählte Anekdote, dass sie, nach dem Ruhme eines Mucius trachend, sich einst vor den Augen ihrer Gespielinnen über einem Lichte ein tiefes Loch in einen Finger ihrer linken Hand gebrannt habe.

Aber in ihrem vierzehnten Jahre verlor sie den Vater, — eine Thatsache, die zweifellos dafür spricht, dass sie die Tochter Johann Paul Baumers war, der schon 1771 starb, während der Bruder des Letzteren, Johann Wilhelm, bis 1788 lebte.

Als bald darauf auch die Mutter, eine geborene von Tenzel, erblindete, war das junge Mädchen ganz auf sich selbst angewiesen und reichte nun im Jahre 1772, noch ein reines Kind, ihre Hand einem Schüler des Vaters, dem zwanzigjährigen Arzte Joh. Fr. Ernst Albrecht, dem Sohne eines frankfurtischen Gymnasial-Rektors, der in

---

1) Gedichte und Schauspiele von Sophie Albrecht. Zweyte Auflage. Dresden und Leipzig in Carl Christian Richters Buchhandlung 1791, Zweyter Theil, S. 8.

2) Arnold Schloenbach, Eine unglückliche Freundin Schiller's Volkshalle 1866. No. 6, S. 83. 85. Vgl. E. Mentzel, Sophie Albrecht 1891, Sonntags-Beilagen zur Vossischen Zeitung Nr. 11—13.

Goethes Jugendzeit sich grossen Ansehens erfreut hatte. Sophiens Gatte hat in der Folgezeit ein bewegtes Leben geführt, — auch als Schriftsteller und Buchhändler war er thätig; — doch sind seine Schau- und Lustspiele, seine Erzählungen, wie seine medizinischen Schriften heutzutage verschollen, und nur dadurch hat er sich einen Platz in der Literaturgeschichte erworben, dass er uns die Prosa-Bearbeitung von Schillers Don Carlos aufbewahrt und sie auch herausgegeben hat.[1]) Die junge Frau folgte dem Gatten, der alsbald Leibarzt des Grafen von Manteuffel wurde, nach Reval, veranlasste denselben aber nach einiger Zeit, mit ihr nach Deutschland zurück zu kehren. In jener Periode waren ihre ersten Poesieen durch esthländische Blätter veröffentlicht worden. Danach ward sie Schauspielerin und betrat als solche in ihrer Vaterstadt Erfurt die Bühne, zuerst unter Ilgners kurzer Direktion im Jahre 1782, undzwar als Julie in Weisse's gleichnamigem Trauerspiel. Dann ging sie nach Frankfurt, wo der geniale Theaterleiter Grossmann ihr Talent entdeckte, und wo, wie erwähnt Schiller sie und ihren Gatten kennen und schätzen lernte.

In einem Briefe an Reinwald[2]) charakterisiert unser Dichter die Freundin folgendermassen: „Ein Herz ganz zur Theilnahme geschaffen, über den Kleinigkeitsgeist der gewöhnlichen Zirkel erhaben, voll edlen, reinen Gefühls für Wahrheit und Tugend, und selbst da noch verehrungswerth,

---

1) Dom Carlos, Infant von Spanien. Für die Bühne in Prosa bearbeitet vom Verfasser selbst, und herausgegeben von Dr. Albrecht. Hamburg und Altona, 1808, 8°. Vgl. Schillers sämmtliche Schriften. Historisch-kritische Ausgabe, herausgegeben von Karl Goedeke. Fünfter Theil zweiter Band. Stuttgart 1869, S. 1 ff. — Vgl. auch Joh. Georg Meusel, Das gelehrte Teutschland im neunzehnten Jahrhundert nebst Supplementen zur fünften Ausgabe desselben im achtzehnten. Zehnter Band. Bearbeitet und herausgegeben von Johann Wilhelm Sigismund Lindner. Lemgo 1829, S. 28—30.

2) An Reinwald. Mannheim den 5. Mai (Mittwoch) 84. Brief 103 bei Jonas, S. 185.

wo man ihr Geschlecht sonst nicht findet." Freilich war
Reinwald ein wenig anderer Ansicht, indem er an
der schönen, sich zeitlebens verkannt wähnenden Seele
mehr Empfindelei als Empfindung zu bemerken glaubte[1]).
Das in Frankfurt zwischen Schiller und dem Albrecht'schen
Ehepaare geschlossene Freundschaftsbündnis fand seine
Fortsetzung in Dresden, wohin Schiller von Leipzig aus
am 11. September 1785 in Gesellschaft des Dr. Albrecht
und seiner Gattin gereist war. Hier setzte Sophie, unein-
gedenk der Abmahnung Schillers, die anscheinend auf ihr
Seelenleben nicht günstig wirkende dramatische Thätigkeit
fort. Später, als Schiller in Jena wohnte, berichtete Freund
Körner diesem wiederholt in seinen Briefen über die Schick-
sale unserer schwärmerischen Erfurterin[2]), die von Ostern
1785 bis Ende 1795 abwechselnd in Leipzig, Dresden und
Prag wirkte.

Einen klassischen Ausdruck hat die Verehrung
Sophiens für Schiller in jener Hymne auf den Dichter
gefunden, die aus den Anführungen und Besprechungen
der Schiller-Biographen[3]) nur teilweise bekannt sein
dürfte, und die deshalb nachstehend vollständig wieder-
gegeben ist:[4])

---

1) Schillers Leben von Heinrich Düntzer. Leipzig 1881. S.
178 — 179.

2) Schillers Briefwechsel mit Körner. Von 1784 bis zum Tode
Schiller. Zweite vermehrte Auflage. Herausgegeben von Karl Goedeke.
Erster Theil 1784 — 1792. Leipzig. 1874, S. 34, Anm. 4; S. 216 (Körners
Bf. v. 28 August 88); S. 277 (Körners Brf, v. 19 Febr. 89). Zweiter Theil.
S. 242 (Körners Bf., Dresden d. 11. Jan. 97). — Weiteres über Sophie
Albrecht s. Förster i. d. A. D. B. Bd. I, S. 322. — Schillers
Werke. Erster Theil. Gedichte. (- D. N. L. Bd. 118, hrsgg. von Jos-
Kürschner.) Herausgegeben von Dr. R. Boxberger. Berlin und Stuttgart.
S. XLV. —

3) C. Hepp. Schillers Leben und Dichtungen, Leipzig 1885, S-
190 — 192; S. 276.

4) Gedichte und prosaische Aufsätze von Sophie Albrecht. Zweyter
Theil. Dresden, 1791, S. 39 — 43.

An Friedrich Schiller.

„Den Gefilden des Frühlings
Sang ich Lieder —
Und, der unglüklichen Freundin
Dir! tiefer Ruhe im Grabe!
Und deiner sanften Schwester;
Der blassen Schwermuth,
Die ich Gefährtin nenne
Seit meinen denkenden Tagen —

Aber heute führte mich
Ein leuchtender Genius —
Schön und stolz —
Kühn und hehr —
Wie mir noch keiner erschien,
Aus den Gefilden des Frühlings,
Aus den Zypressen der Schwermuth.

Ich bebe, da mein Blik
Seinem grossen Winke folgt,
Und den Lichtpfad siehet,
Den auf zu dir
Wallen soll mein leises Lied.

Ich stehe
Wie der Schwache am Felsengange
Der zu Höhen führt,
Wo unsterbliches Wehen
Ihm die seligen Gefilde verkünden.

Hoch schlägt sein Herz — -
Heisses Verlangen nach oben!
Er wagt aber nicht den wankenden Schritt
Muthlos wirft er sich nieder —
Und ein glühender
Schmerzlicher Wunsch aufzuklimmen,
Ist alles, was er vermag.

Aber horch!
Freundlich und stärkend neigt sich zu mir

Die hohe Gestalt,
Die meine ersten Schritte zu dir geleitet,
Lispelnd mir traulich:
Singe das Lied dem Grossen!

Siehe! der Wandrer im tiefen Thale
Singet
Dem hoch über ihm aufgegangnen
Schönen Gestirne,
Dessen Stralen ihm
Auch in der Ferne des Thals glänzen,
Sein leises Lied —
Richtet seinen Blik in die leuchtende Höhe,
Vergisst die schwindelnde Tiefe
Und denkt nicht mehr
Der Finsternis seines Ganges.

Schwebe dann auf, mein Lied!
Dem Manne,
Dessen Stralengang meine Seele erquikt!
Töne ihm innigen Dank!
Für jeden Schauder,
Den seine unsterblichen Gesänge über mich strömten —

Für die süssen Thränen,
Die ich mit seiner holden Leonore (?) verweinte
Für das furchtbare majestätische Grauen,
Das mich durchbebte,
Als ich Karl von Moor
In Missethat und Tugend bewunderte.

Flüstre ihm leiser,
Dass ich ihn liebe mit heiligen Feuer
Und mich sehnen nach seinen Bliken,
Wie mich verlangt nach der sichtbaren Gegenwart
Jener edlen Geschiedenen,
Die mich erhoben, wenn sie mich Freundin nannten,
Da sie noch gingen
In Fesseln des Lebens

Aus denen sie lösete
Vollendete Tugend
Und sie führte
Hin —
Wo sie umfliesst himmlische Weisheit.
Die Unsterblichkeit zu ihrer Rechten."

Aus den letzten Strophen geht hervor, dass im Herzen unserer Landsmännin für den grossen Dichter keine irdische, weltliche Flamme brannte, sondern heiliges Feuer, — rein ideale Seelenfreundschaft! ---

Bald aber sollten neue Sterne am Himmel unseres Dichters empor steigen.

Während seines Aufenthaltes im Hause seiner Gönnerin, der Frau Henriette von Wolzogen, in Bauerbach,[1]) hatte er eine junge Dame kennen gelernt, welche das Mündel eines in der Nachbarschaft angesessenen Kammerherrn von Stein war, — Charlotte von Marschalk-Ostheim, die nun als Charlotte von Kalb in Schillers Leben eine bedeutende, wenn auch vorübergehende Rolle zu spielen bestimmt war. Sie war von selbstsüchtigen Verwandten veranlasst worden, wider ihre Neigung eine Ehe mit dem Major in Zweibrückenschen und französischen Diensten Heinrich von Kalb einzugehen, empfand aber alsbald das Drückende dieser eilfertig geschlossenen Verbindung. Als das von Kalb'sche Ehepaar im Mai 1784 gelegentlich einer Reise Mannheim berührte,[2]) kam es zu einer Begegnung Charlottens mit mit Schiller, dem diese einen Brief von Reinwald brachte, und da die junge Frau sich wirklich, wie der Meininger Freund von ihr rühmte, als grosse Bewunderin der Schiller'schen Geistesprodukte erwies und ein stolzes, für alles Gute und Schöne empfängliches Herz zeigte, so entspann sich allmählich — nach der Ende Juli erfolgten Übersiedelung der Frau von Kalb nach Mannheim — ein

1) E. Palleske, Schillers Leben 10. Afl. I. S. 336.
2) H. Düntzer, Schillers Leben. Leipzig 1881, S. 197.

näherer Verkehr zwischen beiden. Indessen betont Sauppe[1]) wohl mit Recht, dass Schillers Wärme dieser Frau gegenüber von Anfang an weniger persönlich war und mehr dem Austausche der Ideen galt. Erst im Herbste traten sie einander näher, und nun bildete sich zwischen ihnen ein herzinniges Vertrauen, und der Sympathie, die sie auf ein ander ausübten, konnte sich keines von ihnen entziehen[2]). Fast war es ein Frevel an dieser Freundschaft, das unser Dichter im Frühjahre 1785 Mannheim verliess und, der Einladung des liebenswürdigen Ober-Konsistorial-Rates Dr. jur. Christian Gottfried Körner in Dresden folgend, sich nach Sachsen begab.

Nicht mehr war er der namenlose Flüchtling von früher; denn am 27. Dezember 1784 hatte ihm der Herzog Karl August von Weimar, dem er in Darmstadt, in Gegenwart des hessischen Hofes, den ersten Akt seines Don Carlos vorgelesen hatte, den Titel eines Sachsen-Weimarischen Rates verliehen[3]). Aber Charlottens Bild war ihm ins lebensvolle Getümmel Leipzigs und Dresdens gefolgt, und war es auch vor einer neuen Flamme ein wenig verblasst, so war doch die Hoffnung, in ihr eine teilnehmende Freundin wiederzufinden, stark genug, ihn in die thüringische Gegend zu ziehen. Zugleich führte ihn ein anderer Grund nach dem Zentrum des geistigen Lebens, nach Weimar. Der Herzog von Sachsen-Weimar hatte seinem neuen Rat gegenüber den Wunsch ausgesprochen, zuweilen von ihm Nachrichten zu erhalten, und so begab sich Schiller nach

1) Sauppe, Charlotte von Kalb, im Weimarischen Jahrbuch (hrsgg. von Hoffmann v. Fallersleben und A. Schade) Bd. 1, S. 389.

Schiller und Lotte. 1788-1805. 3. Afl., von W. Fielitz. I. Buch Stuttgart 1879 S. 8—9.

3) Nicht wie Koberstein (Nationalliteratur vom zweiten Viertel des Achtzehnten Jahrhunderts bis zu Goethes Todes. II. Bd. 5. Afl. S. 12. sagt, zu Anfang des Jahres 1785. — Vgl. Schillers Briefwechsel mit Körner. Von 1784 bis zum Tode Schillers. 2. Afl. herausgeg. von Karl Goedeke. 1. Theil, 1784—1792. Leipzig 1874, S. 7. A. 2.

der Residenz desselben, um die persönliche Verbindung mit seinem jetzigen Souverain zu pflegen. —

Schiller traf am 21. Juni 1787 in Weimar ein; bereits am 8. August schrieb er seinem Körner[1], dass er in Erfurt gewesen sei. Er hatte, wie bekannt, während seines Aufenthaltes beim Gastfreunde in der Hauptstadt Sachsens eine Zeit lang nähere Beziehungen zu der reizenden Marie Henriette Elisabeth von Arnim gehabt, die er dort im Hause seiner Erfurter Freundin Sophie Albrecht kennen gelernt, und diesen Bund, —

„geschlossen unter Scherzen,

Bestätigte die Sympathie der Herzen.“

Ihr hatte er die stolzen Worte zugerufen:

„Den höchsten Schatz, der Tausenden verschwunden,

Hast du gesucht — hast du gefunden:

Die Freundin eines Freunds zu sein [2].“

Dass der schwärende Dichter sich aber nicht bloss an der schönen Seele, sondern auch an deren holdem Gefässe begeisterte, das bestätgt uns neidlosen Herzens Charlotte von Kalb[3], der Schiller Elisabeths Bild gezeigt hatte.

Von der Arnim'schen Familie nun hatte der Dichter bei seiner Abreise eine Bestellung für das jüngste Fräulein dieses Namens übernommen, welches, nachdem schon zehn Jahre früher zwei ältere Schwestern sich dort in Pflege befunden hatten, seit dem 12. Oktober 1780 dem Erfurter Ursulinerinnen-Kloster[4] zur Erziehung anvertraut war. Da

1) Schillers Briefwechsel mit Körner. 2 Afl. 1. Bd. S. 84—85.

2) Aus den an sie gerichteten Versen: „An Henriette Elisabeth von Arnim.“ („Dieses Gedicht schrieb Schiller am 2. Mai 1787 in das Stammbuch des Fräulein H. E. von Arnim in Dresden.“) Schillers Werke. Unter Mitwirkung von W. von Maltzahn. I. Theil. (Berlin, G. Hempel) S. 94 — 95.

3) Charlotte. (Für die Freunde der Verewigten.) Gedenkblätter von Charlotte von Kalb. Herausgegeben von Emil Palleske. — Stuttgart 1879. S. 173.

4) Im Erfurter Ursulinerinnen-Klosterbuche heisst es wörtlich — nach einer vom Major z D. Seidel am Mittwoch den 1. Mai 1878 genommenen Abschrift —: „16. Mai 1777 zwei Frl. Arnim in die Kost getreten — 12. Okt. 1786 Frl. Arnim in die Kost getreten.“

er noch nie ein Frauenkloster gesehen hatte, wollte er es bei dieser Gelegenheit thun. Die Schwester der alten Arnim, Marie Dorothea von Rosler, war dort Superiorin [1]). Anfangs hatte Schiller eine Unteredung vor dem Gitter; dann wurde ihm aufgeschlossen, und er wurde im Kloster herum geführt. Er liess sich dabei die Einrichtung und Lebensweise der Weissfrauen erzählen. Weil er nach langer Zeit vielleicht die erste junge Mannsperson war, die sich im Innern des Klosters sehen liess, so wurde er nach seinem eigenen Ausdruck ziemlich „angegafft," und Nonnen wechselten mit Nonnen."

Im Gasthofe, wo er abgestiegen war, — nach Boxbergers wahrscheinlicher Vermutung dem „Schlehendorn" am „Viti-Gewölbe," dem heutigen „Rheinischen Hofe" der Viti- Gemeinde No. 27, der Stadt No. 1987, jetzt Langebrücke No. 29 — wurde sein Name durch seinen Bedienten verraten, und es sammelte sich eine Anzahl Mitglieder des hiesigen Privattheaters, ihn zu sehen. Keiner aber getraute sich, ihn anzureden, und unser Gast erfuhr's erst, was es gewesen war, als er in den Wagen stieg. Schiller erzählt selbst, dass er in keinem Gasthofe so fröhlich bedient und so christlich behandelt worden sei, wie eben in diesem Erfurter Quartier.

Als Besitzer dieses Gasthofes erscheint auf einem am 24. Juny 1774 angelegten Blatte des Erfurter Stadt-Lagerbuches, der sogenannten „Verrechten," Herr Christoph

---

1) Heinrich Beyer, Geschichte des Klosters der Ursulinerinnen, ehemals der weissen Frauen, in Erfurt. Aus den Quellen bearbeitet. Erfurt, 1867. S. 51 — 52; Reihe der Oberinnen No. 38, 39, 42, 43. — Danach war Marie Dorothea von Rosler aus Gottern im Kreise Langensalza gebürtig. Sie stammte von protestantischen Eltern, gehörte aber damals dem Orden des heiligen Augustin an. Dem Kloster hat sie zweimal vorgestanden, nämlich vom 25. Januar 1773 bis April 1779, und dann vom 14. Juni 1785 bis August 1791. In diese zweite Periode fällt Schillers Besuch.

Calemberg, dessen Nachfolger im Jahre 1794 Johann Christ. Lex wurde[1]).

Über einen anderen kurzen Besuch in Erfurt berichtet Schiller seinem ständigen Vertrauten, dem Consistorialrat Körner, unterm 15. April 1788. Die Veranlassung zu dieser Fahrt war die am 9. April Mittags in Weimar erfolgte Ankunft Ludwig Ferdinand Hubers. Dieser, im Jahre 1764 als Sohn einer Französin und eines bairischen Gelehrten zu Paris geboren, aber in Leipzig aufgewachsen, hatte sich als Kenner des älteren englischen Theaters durch Aufschliessung dieser literarischen Fundgrube für Deutschland verdient gemacht, persönlich war er unserm Dichter näher getreten als Verlobter von Johanna Dorothea Stock, der Schwester von Körners Gattin Anna Maria Jacobine, gewöhnlich Minna genannt. — Da er als Katholik bei keinem Collegium in Sachsen angestellt werden konnte, hatte er die diplomatische Laufbahn eingeschlagen und war in der Stellung eines Legationssekretairs beim Kursächsischen Gesandten von Bünau auf der Reise nach Mainz begriffen, als er am 10. April früh nach Erfurt fuhr, wo sein Gesandter die Nacht geblieben war. Ihn begleitete Schiller hierher; doch währte sein damaliger Aufenthalt in unserer Stadt nicht lange; er ritt alsbald, in der Hoffnung, Charlotte von Kalb zu treffen, von hier nach Gotha, um eine Zusammenkunft zwischen dieser und Huber zuwege zu bringen. Die Freundin, welche sich in Gesellschaft mehrerer Verwandten, darunter des Präsidenten von Kalb und der Schwägerin desselben, der Frau von Uechtritz, befand, war

---

1) Im Schlehendorn hatte Wieland vom 1. bis 8. Juni 1769 gewohnt, als er seine Professur an der Erfurter Universität antrat; hier gedachte Schiller später — am Donnerstag den 18. Februar 1790 — abzusteigen. (Schiller an Lotte und Caroline; d. 14. Februar 1790. — Fielitz, Schiller und Lotte, II., S. 297, Nr. 319.) — Ueber die Besitzer dieses Gasthofes seit d. 24. Juny 1774 vgl. das „Erfurter Stadt-Lagerbuch. Viertel Joannis, Mercatorum etc. de anno 1775." Dort findet sich als letzter Inhaber im vorigen Jahrhundert Joh. Georg Weber aus Saalfeld, der 1799 Erfurter Bürger wurde.

eben im Begriffe zu einem Mahle zu fahren, als sich die
beiden Herren melden liessen. Dass Charlotte in diesem
für Besuche wenig geeigneten Augenblick die Ankömmlinge
nicht annahm, hat ihr Schiller verdacht; doch meint sie
selbst: „Es war gut, denn unsere Geistesklänge wären wohl
sehr verstimmt gewesen." [1]) Auch in einem Schreiben an
Körner macht Schiller seinem Groll darüber Luft, dass Charlottens und Hubers Zusammenkunft vereitelt worden war.

Jene von Charlotten in ihren Tagebuchblättern erwähnte Verstimmung, die zwischen ihr und „Friedrich" ge-
herrscht habe, muss, wenn die wehmütige Bemerkung aus
treuer Erinnerung niedergeschrieben ist, als ein Schatten
kommender Ereignisse angesehen werden. Denn bald griff
eine höhere Hand ein, um das auf Schillers inneres Leben
nicht wohlthätig wirkende Verhältnis zu jener Frau zu lösen,
deren Besitz ihm durch eherne Gesetze verwehrt war. —

Im November 1787 besuchte Schiller von seiner neuen
Heimat Weimar aus seine seit Jahresfrist an den Bibliothekar
Reinwald in Meiningen verheiratete Schwester Christophine,
sowie die schon erwähnte Frau Henriette von Wolzogen
in Bauerbach. Bei der Letzteren traf er seinen Stuttgarter
Studienfreund Wilhelm von Wolzogen. Derselbe begleitete unsern Dichter am 6. Dezember auf der Rückreise
bis Rudolstadt und veranlasste ihn, in der besagten kleinen
Residenz seine „superklugen Cousinen" zu begrüssen, deren
flüchtige Bekanntschaft unser Dichter schon im Mai 1784
zu Mannheim gemacht hatte. Es waren dies Frau
Caroline von Beulwitz, geborene von Lengefeld,
die damals, getrennt von ihrem Gatten, im Hause ihrer
Mutter lebte, und die Schwester derselben, Charlotte von
Lengefeld[2]).

1) Charlotte. Herausgegeben von E. Palleske, Stuttgart 1879,
S. 171. — Schillers Briefwechsel mit Körner I[1] S. 176. — H. Düntzer,
Schillers Leben Leipzig, 1881, S. 273.

2) (Caroline von Wolzogen,) Schillers Leben, verfasst aus Erinnerungen der Familie, seinen eignen Briefen und den Nachrichten
seines Freundes Körner. Erster Theil Stuttgart und Tübingen 1830,

Das anziehende Wesen beider Damen, ihre Bekanntschaft mit der neueren Literatur, die Feinheit ihrer Empfindung und die Aufgewecktheit ihres Geistes fachten die
regste Teilnahme für sie in Schiller an. In Weimar selbst
bot sich Gelegenheit, den bei dieser Gelegenheit an-
gesponnenen Faden fortzuführen, und bald gestaltete sich
der Verkehr Schillers mit den von Lengefeld'schen
Schwestern zu einem mehr als freundschaftlichen. Um
denselben näher zu sein, wohnte der Dichter seit dem 19.
oder 20. Mai 1788 bis zum Abend des 12. November in
dem unweit Rudolstadt gelegenen Volkstädt.

Es unterliegt keinem Zweifel, dass Schiller seine
keimende Neigung zwischen beiden Schwestern teilte; ja,
vielleicht war er der älteren, lebhafteren Karoline noch
mehr ergeben, als der sanften, zur Entsagung bereiten
Lotte. Die kluge, die Verhältnisse beherrschende Karoline
traf jedoch die Entscheidung so, dass Lotte den Mann ihres
Herzens, und Schiller die edelste Gattin erhielt.

Diesen Herzensbund zu vollenden, dazu war von der
Vorsehung Erfurt als hauptsächlicher Schauplatz ausersehen, eine kleine Anzahl Erfurter Männer und Frauen
aber als vornehmliche Helfer.

Das Verhältnis zwischen Schiller und Lotte wurde
immer vertrauter, und dennoch wagte es jener nicht, der
Dame seine Neigung zu gestehen. Inzwischen begann sich
in Weimar das Gerücht zu verbreiten, Schiller seufze in
den Fesseln „der schönen Rudolstädterin", und um dem
Verhältnis vor der Öffentlichkeit einstweilen ein Ende
zu machen, sorgte Karoline dafür, dass die Schwester,
„der Magnet, der Schillern an Rudolstadt fesselte", aus dem
Hause entfernt wurde, indem dieselbe Veranlassung erhielt,
ihrer Freundin Caroline von Dacheröden in Erfurt einen

S. 226. — Düntzer, Schillers Leben, S. 262. — Vgl. auch „Schiller
und Lotte 1788—1805. Dritte, den ganzen Briefwechsel unfassende
Ausgabe, bearbeitet von Wilhelm Fielitz. Erstes Buch, Stuttgart 1879,
S. 10 ff.

notwendigen" Besuch zu machen [1]). Diese war die Tochter
des Reichsfreiherrn Karl Friedrich von Dacheröden, ehemaligen Vicepräsidenten der Preussischen Kammer zu Minden.
Er lebte seit 1774 als Privatmann zu Erfurt und bewohnte
den östlichen Flügel des jetzigen Johann Anton Lucius'-
schen Hauses, am Anger No. 37. — Caroline war mit Frau
von Beulwitz aufs engste befreundet, beide schrieben sich
sehr oft und suchten einander auch häufig persönlich auf.
Caroline von Dacheröden besass ein höchst anziehendes,
schalkhaftes Wesen. Von ihr sagt Varnhagen [2]), dass sie
eine unwiderstehliche Anmut in frischem Lebensdrange besessen habe, und für ihre geistige Bedeutung spricht wohl
der Umstand, dass sie mit ihrem späteren Gatten, Wilhelm
von Humboldt, griechische Autoren (Homer, Pindar, Herodot
in der Ursprache gelesen hat.

Freitag, den 25. Juli 1788 schreibt Lotte an Schiller
von Erfurt aus: „dass wir doch heute recht christlich den
Tag beschliessen, so ist Professor Bellermann [3]) bei uns,
der uns stützen und trösten kann durch seine Theologie."

Der erfurtische Gelehrte und berühmte Orientalist
Johann Joachim Bellermann, ein Freund der v. Lengefeld'-
schen Familie und gleichzeitig Schützling des Präsidenten
von Dacheröden, war seit Januar 1784 als Professor der
hebräischen Sprache an der Erfurter Universität angestellt;
auch gehörte er der dortigen „Akademie der gemeinnützigen
Wissenschaften" an. Im Dacheröden'schen Hause wurde
Bellermann auch mit Schiller bekannt.

Zum Gelehrten gesellte sich im Dacheröden'schen
Salon der Künstler. Hier lernten Caroline und Charlotte

---

1) Dr. Hermann Mosapp, Charlotte von Schiller. Ein Lebens-
und Charakterbild. Heilbronn, 1896, S. 62 — 63.

2) Elsa Maier, Wilhelm von Humboldt. Lichtstrahlen aus seinen
Briefen. Mit einer Biographie Humboldts. Leipzig 1855. S. 19.

3) Vgl. M. Jo. Joachim Bellermann, De usu palaeographiae heb-
raicae ad explicarda biblia sacra Diss. inaug. theol. Halae et Erfordiae.
1804, 4°. Anhang p. 4 — 7. — Constantin Beyer, Neue Chronik von Erfurt,
S. 446 447. — O. E. Seidel i. d. „Thüringer Zeitung" 1884, No. 67.

von Lengefeld den Erfurter Klavier- und Orgelvirtuosen Johann Wilhelm Hässler[1]) kennen, den Schiller schon 1787 bei der Herzogin-Mutter Anna Amalia bewundert hatte. „Unter seiner Hand" urteilt Caroline am 18. November 1788, „giebt das Klavier einen rührendern und graziösern Ton", und Lotte, die an allem Schönen, was ihr Herz bewegt, auch dem Geliebten einen Anteil gönnt, fordert Schillern auf, sich, wenn er den Tonkünstler sähe, von diesem „Die Nacht" von Zachariä vorspielen zu lassen. „Die Musik", sagt sie, „und der Text griffen mir stark an die Seele, und erschütterten mich, ich möchte wissen, welche Wirkung es auf Sie machte."

Zwei Jahre später ging Hässler, wie Constantin Beyer meldet, auf Einladung des Lord Angram nach London, von da nach Frankreich und dann nach Russlands Hauptstadt Moskau. --

Der fürsorglichen Vermittelung jenes Erfurter Hauses verdankte Schiller ferner die für seinen Lebenslauf so wichtige Gönnerschaft des Coadjutors von Dalberg und dann die für seinen Geistesgang noch wichtigere Freundschaft mit Wilhelm von Humboldt. Letzterer warb damals um seine Caroline, die er im Winter 1789--90 kennen gelernt hatte, und er warb, wie wir wissen, mit Glück; am 29. Juni 1791 wurde er von dem Pastor an der Barfüsserkirche Reinhardt mit Caroline Friederike von Dacheröden in deren väterlichem Hause getraut. Schiller aber kam seinem Ziele, der Verbindung mit Charlotte von Lengefeld, ein wenig näher, als er auf Verwendung Goethes, der aus Italien zurückgekehrt war, eine ausserordentliche Professur der Philosophie an der Universität Jena erhielt. Er begann bekanntlich seine Lehrthätigkeit dort am 26. Mai 1789. — Für den Sommer dieses Jahres hatten die

---

1) Fielitz, Schiller und Lotte I, S. 119. — C. Beyer, Neue Chronik von Erfurt S. 218—219. — W. Stieghan, Neuer Taschenkalender für Geschäftsmänner und Reisende im Erfurter Gebiet auf das Jahr 1795. Erfurt S. 146.

drei Freundinnen Caroline von Dacheröden, Caroline von Beulwitz und Charlotte von Lengefeld eine Badereise nach Lauchstädt verabredet. Auf der Hinreise hatten sie gehofft, dem
neuen Professor Schiller in Jena durch ihr Kommen eine
Freude zu bereiten; aber die Anwesenheit gleichgültiger
Personen machte dieses Wiedersehen zu einem sehr förm-
lichen. Anfang August kam Schiller selbst nach Lauchstädt,
und als ihm hier Caroline auf sein inständiges Drängen die
Gewissheit gegeben hatte, dass er der Schwester nicht
gleichgültig sei, sandte er noch an demselben Tage, nachdem er von Lauchstädt nach Leipzig abgereist war, einen
Brief an Charlotte von Lengefeld, in dem er sie bat, ihm
Herz und Hand zu schenken. Er erhielt darauf eine Antwort, deren Schlussworte lauteten: „ewig Ihre treue Lotte".

Schillers nächste Aufgabe bestand nun darin, die Zu-
stimmung der chère mère, wie die jungen Leute die Frau
von Lengefeld in ihren Briefen nannten, zu dem geschlossenen
Herzensbündnis zu erlangen, und das hatte seine Schwierig-
keiten. Denn wenn diese edle Dame auch den Charakter
und den Geist unseres Dichters durch persönlichen Verkehr
schätzen gelernt hatte, so war derselbe doch immerhin ein
Bürgerlicher und, was noch schwerer ins Gewicht fiel, trotz
seiner Professur ein Mann ohne gesicherte Existenz. Hier
trat als helfender Engel ein anderer Erfurter ein, dessen
Namen im Vorstehenden schon wiederholt Gelegenheit
war zu erwähnen, — der Coadjutor Karl Theodor
von Dalberg.

Schon am 20. Dezember 1788 hatte Freund Huber
von Mainz aus an unseren Dichter die Aufforderung[1] gerichtet, letzterer sollte doch „bei irgend eine literarischen
Veranlassung eine Art Verkehr mit dem Coadjutor
entamiren", der ihm — Huber — gegenüber in Mainz sehr
enthusiastisch von Schiller gesprochen hätte. Da nun auch

---

1) Der Wortlaut ist mitgeteilt von Dr. Vollmer in der „Allgemeinen Zeitung" Nr. 159, Dienstag den 8 Juni 1875. Vgl. Seidel in
der „Thüringer Zeitung" 1884 Nr. 22 vom 26. Januar.

Dalberg im Dacheröden'schen Hause viel verkehrte und dort wiederholt seiner Neigung und Achtung für Schillers Genie Ausdruck verliehen hatte — was von der Tochter des Hauses getreulich nach Rudolstadt gemeldet wurde , so fasste sich Schiller im November ein Herz und schrieb an den Coadjutor, indem er ihm freimütig seinen Wunsch aus einander setzte, in eine bessere Sphäre zu gelangen, wo sein Geist von elenden Rücksichten des Gewinnes unabhängig wirken könnte[1].

Die Antwort Dalbergs, welche aus Erfurt vom 11. November 1789 datiert ist, fiel nicht ganz nach Schillers Wunsche aus. Zunächt dankte der Coadjutor unserem Poëten für sein Vertrauen und versicherte ihm sodann, dass er seit mehreren Jahren seinen Genius bewunderte, dessen Früchte für ihn, den Briefschreiber, so stärkend und herzerhebend wären. Wenn es von ihm abhinge, so würde Schiller in Erfurt oder in Mainz so angestellt, dass sein Geist nach eigenem Trieb sich seinem Flug überlassen könnte. Nun hänge aber die Sache vom Kurfürsten ab, dem es mit Recht am liebsten wäre, wenn Männer von des Dichters Verdiensten sich unmittelbar vertrauensvoll und ohne alle Empfehlung an ihn selbst wendeten. —

Schiller wusste zuerst nicht, was er aus diesem Briefe machen sollte, — ob er denselben als eine höfliche Ablehnung seiner Bitte anzusehen hätte, oder ob er auf eine Empfehlung des Coadjutors beim Kurfürsten rechnen dürfte. Soviel indessen erkannte er, „dass es nur an zwei Augen läge, ob seine Wünsche in Erfüllung gehen sollten." Denn Dalberg war zum Nachfolger des Erzbischofs von Mainz, Friedrich Carl Joseph von und zu Erthal, ausersehen, und letzterer stand bereits im 71. Lebensjahre.

---

1) Karl Theodor von Dalberg und seine Zeit. Zur Biographie und Charakteristik des Fürsten Primas von Karl Freiherr von Beaulieu-Marconnay. Erster Band. Mit Dalbergs Bildniss, Weimar 1879, S. 171 ff. — (Caroline von Wolzogen) Schillers Leben, verfasst aus Erinnerungen der Familie, seinen eignen Briefen und den Nachrichten seines Freundes Körner. Zweiter Theil. Stuttgart und Tübingen 1830, S. 15 16.

Aber Schiller hatte noch etwas mehr als blosse Aussichten der Frau von Lengefeld gegenüber ins Treffen zu führen. Der Legationsrat Bertuch in Weimar hatte ihm in Friedrich Mauke in Jena einen finanzkräftigen Verleger verschafft[1]), und Frau von Stein, Goethes Freundin, hatte ihm vom Herzog ein Gehalt von 200 Thalern erwirkt, so dass seine Existenz in Jena möglich wurde. —

Montag den 14. Dezember 1789 fuhren die beiden Schwestern Caroline und Lotte zu ihrer Freundin Caroline von Dacheröden herüber nach Erfurt[2]). Sie stiegen gleich am Anger beim „Papa" ab, so nannten sie den Präsidenten, und wurden von ihm die Treppe hinauf geführt. Am Abend waren sie schon zum Coadjutor geladen, dem Goethe in Weimar kürzlich von Lottes Verhältnis zu Schiller erzählt hatte, und der nun ein grosses Vergnügen darin fand, mit den Schwestern von dem Freunde zu sprechen. Er hatte auch alle Schriften unseres Dichters zusammengetragen, um seinem Wohlgefallen an denselben vor teilnehmenden Wesen Worte zu verleihen; diese Absicht aber wurde durch die Anwesenheit fremder Menschen vereitelt. Am Morgen nach dieser kleinen Gesellschaft finden wir die beiden Schwestern im „Gasthof zum Schlehendorn" in gehobener Stimmung. Aus dem Schlummer hatte sie harmonisches Glocken-Geläute geweckt, wie Lotte meinte, das von Klosterglocken, — und die Szene aus Karlos mit dem Prior fiel ihr ein. Vielleicht rührte der Ton von den Glocken des Augustinerklosters her, welches sich damals im Gebäude des heutigen Offizier-Casinos in der Casinostrasse befand. Bald greifen beide Schwestern zur Feder. Sie schütten der chère mère ihr Herz aus. Lotte gesteht in ihrem Briefe, wie das Glück ihres Lebens nur an dem Gedanken hänge, für Schiller in der Welt zu sein, und Caroline setzt der

1) Vgl. Körners Brief an Schiller, Dresden den 28. Mai 1790. Briefwechsel, 2. Aft. I. S. 371.
2) Fielitz a. a. O., S. 189 ff. No. 263—64 ff. Lotte an Schiller, Erfurt, d. 15 Dezember; Schiller an Lotte, Jena, 17. Dezbr. —

Mutter weitläufig auseinander, wie die Herzen der jungen
Leute sich gefunden hätten, ferner, was diese wünschten
und was sie hofften. Hierauf kommt Caroline von Dacheröden
zu ihnen, und nun schreiben alle Drei noch an Schiller
über das, was ihren Sinn so ganz beschäftigt. —

Wir übergehen die Erlebnisse der Schwestern in Erfurt
während ihres ferneren Aufenthaltes bis zur Frühe des
19. Dezembers, eines Sonnabends, an dem sie nach Weimar
abfuhren. Wir gehen also nicht ein auf das Diner beim
Präsidenten von Mittwoch dem 16. Dezember, bei dem die
soeben im „Schlehendorn" abgestiegenen Herren von
Humboldt, Alexander und Wilhelm, erschienen, noch in
Reisekleidern; — von diesen kam Wilhelm direkt aus
Paris und wusste über den gewaltigen Mirabeau zu berichten,
welchen er in der französischen Nationalversammlung hatte
sprechen hören. Wir müssen es uns endlich auch versagen,
den Abend desselben Tages zu schildern, welchen die genannten Freunde und Freundinnen bei dem Regierungs-
und Kammerdirektor Geheimrat von Bellmont im Hause
No. 1520 „Zur grünen Aue und Cardinal", jetzt Anger
No. 6,[1]) zubrachten und während dessen sich Wilhelm von
Humboldt mit Caroline von Dacheröden verlobte.

Wir wenden uns vielmehr sogleich unserem Dichter
zu, der hoch erfreut war zu erfahren, dass in Erfurt „der
grosse Wurf geworfen" worden sei, und dass die chère
mère nun alles wisse. Am 18. Dezember hielt er, anknüpfend
an die Mitteilungen der beiden Schwestern, bei Frau von
Lengefeld um die Hand ihrer jüngeren Tochter an und
erhielt unterm 22. Dezember von der würdigen Dame die
Antwort, dass sie ihm das Beste und Liebste, was sie noch
zu geben habe, ihr gutes Lottchen geben wolle. So ward
Schiller ein glücklicher Bräutigam, und als solchen sollten
ihn die Urgrossväter unserer heutigen Erfurter kurz vor
seiner Verheiratung in ihrer Stadt erblicken.

1) Die Häuser-Chronik der Stadt Erfurt. Herausgegeben von
Bernhard Hartung. Erfurt 1861, S. XXV.

Am Sonnabend den 13. Februar 1790 reisten die
Schwestern wiederum nach Erfurt. Sie hatten mit Schiller
verabredet, dass dieser am darauffolgenden Donnerstag
den 18. Februar abends gleichfalls dort eintreffen und
drei Tage verweilen sollte, um die Dacherödensche
Familie näher kennen zu lernen und einige Pflichtbesuche,
insbesondere beim Herrn von Dalberg, zu machen.

Am 14. Februar schreibt Schiller an Lotten und
Carolinen voll der frohen Gewissheit, dass er in vier Tagen
bei ihnen in Erfurt sein werde; freilich weiss er, dass es
ihm dort nur ein paar Vormittagsstunden vergönnt sein
wird, mit seinen Lieben ungestört zu plaudern. Er bittet
um Mitteilung, in welchem Gasthofe sie abgestiegen seien,
und bestimmt für den Fall, dass auf diese Anfrage keine
Antwort mehr bei ihm eintreffen könne, es möchte ihm
ein gutes Zimmer im „Schlehendorn" parat gehalten werden.
Auf die neuen „cher Père und cher Frère-Gestalten" im
Dacherödenschen Hause ist er neugierig und bittet, um
die Leutchen vor Entäuschung zu bewahren, ihn selbst als
einen wunderlichen Kopf oder lieber gleich als einen Bären
zu beschreiben. Das hätte schon in Rudolstadt sein Glück
gemacht, und wenn er dann nur niemanden fresse, so sei er
schon ein artiger Mensch.

Was Schiller sich vorgenommen hatte, führte er, wie
wir aus seinem Brief an Körner vom 1. März 1790[1]) ersehen,
programmässig aus. Er verlebte in Gesellschaft seiner Braut
und seiner Schwägerin drei angenehme Tage in Erfurt.
Überall, wohin sie kamen — und sie kamen zum Coadjutor,
zu Dacherödens, zum Geheimrat von Bellmont, zur Familie
des Generals von Knorr auf den Petersberg und zum
Professor Bellermann — überall sah man Schillern und
Lotten als ein Paar an; und besonders nahm Herr von
Dalberg innigen Anteil an ihrem Verhältnisse. Damals
sprach unser Erfurter Mäcen dem Dichter gegenüber die

1) Schillers Briefwechsel mit Körner. I² S. 357—360. Seidel
in der „Thüringer Zeitung" 1881 No. 70. — Fielitz u. a. O., S. 297—305.

schönen Worte aus, die diesem einer so frohe Aussicht in
die Zukunft eröffneten, — „dass er darauf zähle, Schiller
in Mainz in seiner Nähe zu haben und ihm dort eine
Existenz zu verschaffen, wie sie sich für ihn gehöre."
„Er wisse nicht", setzte er hinzu, „wozu den Fürsten ihre
Hülfsmittel nützten, wenn sie dieselben nicht dazu ge-
brauchten, vortreffliche Menschen um sich zu versammeln [1])."

Am Sonntag fuhren die Drei von Erfurt nach Jena
ab, und am Montag den 22. Februar früh nach Kahla, der
Frau von Lengefeld entgegen, die von Rudolstadt kam.
Dann ging es nach Wenigenjena, in dessen Dorfkirche
Schiller und Charlotte von Lengefeld durch den Adjuncten
Schmidt getraut wurden. —

Somit sehen wir, wie unser Dichter im Hafen der
Ehe angelangt ist. In dem schon erwähnten Briefe an
Körner vom 1. März 1790 spricht er seine volle Befriedigung
aus über das schöne Leben, welches er nunmehr führe.
Dann fährt er fort: „Jetzt darf nur noch eine Veränderung
geschehen, so habe ich nichts von aussen mehr zu wünschen.
Von dem Coadjutor kann ich alles hoffen" .... „Aber auch
ohne jede Privatrücksicht", fährt er fort, „ist der Coadjutor
ein überaus interessanter Mensch für den Umgang, mit dem
man einen herrlichen Ideenwechsel hat. Ich habe wenige
Menschen gefunden, mit denen ich überhaupt so gern leben
möchte, als mit ihm."

Mag nun auch Dalberg, der unzweifelhaft ein edler
und begabter Mensch war, unserm Schiller bedeutender
erschienen sein, als er wirklich war; das grosse Verdienst,
Schillers Begabung für die dramatische Dichtkunst
erkannt und den Mann selbst auf das seinem Genius
ureigene Gebiet hingewiesen zu haben, kann ihm niemand
absprechen.

Als nämlich Schiller im Sommer 1790 mit der Aus-
arbeitung seiner „Geschichte des dreissigjährigen Krieges"

1) Von Beaulieu-Marconnay a. a. O., I. S. 174.

beschäftigt war, da scheint er in einer gewissen Periode
allen Ernstes daran gedacht zu haben, sich von der Poësie
abzuwenden. Um seinen Bedenken ein Ende zu machen,
bat er Dalberg um ein hierauf bezügliches Gutachten.
Anfangs lehnte dieser in einem am 12. September 1790
aus Mainz datierten Schreiben in freundlicher Weise die
ihm übertragene schwere Entscheidung ab; doch auf
Schillers dringend wiederholte Bitte teilte er ihm am
2. November in Erfurt einige Gedanken über die wesentlichen
Erfordernisse des Geschichtschreibers und die des dramatischen Dichters mit. Darin heisst es: „Der aufmerksame,
prüfende, sammelnde Forschungsgeist ist Element des
Geschichtschreibers; der Genius höchst lebender Darstellung
Element des dramatischen Dichters. — — Schiller vereinigt
beides, Bildungskraft und das schätzbare Ausdauern des
Fleisses. Doch wünsche ich, dass er in ganzer Fülle dasjenige leiste, wirke, was er nur leisten kann, und das ist
Drama.“

Ergänzend griff hier Wilhelm von Humboldt ein,
der die merkwürdige Individualität Schillers mit lebhaftem
Anteil studiert hatte und der den zweifelnden Dichter bei
seiner Neigung zum Erhabenen mit überzeugender Gewissheit
auf das heroische Drama hinwies, d. h. auf die Schilderung
des Menschen im Einzelkampfe mit dem Schicksal[1]. Einige
Monate nach den oben erwähnten Dalberg'schen Briefen,
am 19. Dezember 1790, schreibt Schiller an Körner, dass
er in zwölf Tagen mit seiner Frau und Schwägerin nach
Erfurt reise, um acht Tage dort zu bleiben. Es war nämlich
für den kommenden Neujahrstag eine Zusammenkunft der
Schwestern Caroline und Lotte mit Caroline von Dacheröden
in Erfurt verabredet[2]. An diesen Besuch knüpften sich
trübe Erinnerungen.

1) Brief aus Tegel, d. 16 Oktober 1795. „Briefwechsel zwischen
Schiller und Wilhelm von Humboldt" Stuttgart und Tübingen, 1830
S. 238 ff.

2) H. Mosapp a. u. O., S. 138.

Freitag den 31. Dezember reisten Schillers von Jena nach Erfurt [1]. Während am Neujahrstage 1791 etwas kaltes, aber doch schönes, heiteres Wetter war, zeigte sich am Sonntag den 2. Januar der Horizont von dichten Nebeln umhüllt. Am Abend dieses Tages fand seitens der Erfurter Theater-Dilettanten-Gesellschaft die Aufführung eines neuen fünfaktigen Zschokke'schen Trauerspiels statt, betitelt: Graf Monaldeschi oder Männerbund und Weiberwuth [2]). Schiller war nebst seiner Frau und Schwägerin in der Loge des Coadjutors, wo sich auch Fräulein von Dacheröden befand. — Montag den 3. Januar feierte die „Akademie nützlicher Wissenschaften" den Geburtstag „Seiner Churfürstlichen Gnaden zu Mainz" Nachmittags 3 Uhr durch eine solenne Sitzung auf dem Saale der Statthalterei. Bei dieser Gelegenheit wurden neue Mitglieder, unter anderen auch Schiller, aufgenommen [3]). Etwas ironisch äussert sich der also Ausgezeichnete hierüber in einem Briefe an Körner vom 12. Januar 1791 [4]): „Man hat mir auf Veranstaltung des Coadjutors in Erfurt die Ehre angethan, mich zu einem Mitgliede der churmainzischen Akademie nützlicher Wissenschaften aufzunehmen. Nützliche! Du siehst, dass ich es schon weit gebracht habe." Wahrscheinlich im Hinblick auf diese „Akademie" mit ihren damals oft recht unbedeutend erscheinenden Preisfragen spottet Schiller über solche

---

1) „Schiller und Lotte." 3 Ausg., bearbeitet von W. Fielitz. Drittes Buch. Stuttgart 1879, S 38.

2) Heinrich Zschokke, Graf Monaldeschi oder Männerbund und Weiberwuth. Trauerspiel in 5 Aufzügen. Küstrin und Berlin 1790. 8. — Goedeke, Grundriss III, 2. Abth. Dresden, 1881, S. 668. — In „Schillers sämmtlichen Schriften, historisch-krit. Ausg. Fünfzehnter Theil. Zweiter Band. Nachlass (Demetrius) Herausgegeben von Karl Goedeke. Stuttgart 1876, S. 594, Z. 8 befindet sich „Monaldeschi" unter den Stoffen, die sich Schiller als zur dramatischen Bearbeitung geeignet angemerkt hat.

3) Nach Constantin Beyers Tagebuch. Handschrift im Erfurter Stadt- Archiv. Herrmann-Bibliothek I, 18.

4) Briefwechsel mit Körner I, S. 396.

Probleme in einem den Xenien[1]) eingereihten Epigramme,
das den Titel führt:

„Preisfrage der Akademie nützlicher Wissenschaften."
„Wie auf dem Ü fortan der theure Schnörkel zu sparen?
Auf die Antwort sind dreissig Dukaten gesetzt."

Auch die „Akademie" in ihrer Zusammensetzung
scheint auf Schiller keinen imponierenden Eindruck gemacht
zu haben, denn in dem „G. G." betitelten Sinngedichte,
welches im Xenien-Manuskripte „Gelehrte Gesellschaften"
überschrieben ist[2]), äussert sich jener:

„Jeder, siehst du ihn einzeln, ist leidlich klug und
verständig;
„Sind sie in Corpore, gleich wird dir ein Dummkopf daraus."

Um 5 Uhr Nachmittags desselben Tages begann
gleichfalls zu Ehren des „Landesvaters" ein von Frau
Sophia Hässler auf dem gewöhnlichen Saale des Rathskellers
veranstaltetes und im „Erfurtischen Intelligenz-Blatte" vom
1. Januar 1791 angekündigtes Extrakonzert. Ein zahlreiches
Publikum fand sich dazu ein; auch Schiller und Frau waren
anwesend. Nach dem Concerte wurde von einer aus mehr
als hundert Personen bestehenden Gesellschaft auf dem
Speisesaale ein Festmahl eingenommen. Schiller wurde,
wie von einer Seite berichtet wird[3], mitten im Concert,
nach einer anderen Fassung[4] beim Abendessen nach dem
Concert unpässlich. Er musste in einer Portechaise nach
seinem Quartier getragen werden und war durch ein sich

1) Schillers Werke. Unter Mitwirkung von Wendelin von Maltzahn. Erster Theil. Gedichte. Berlin (o. J.), G. Hempel, S. 134, No.
186 – 187 (-287 – 288)

2) Xenien 1796. Nach den Handschriften des Goethe- und
Schiller- Archivs herausgegeben von Erich Schmidt und Bernhard
Suphan. Mit einem Facsimile. Weimar 1893. No. 425. (Schriften der
Goethe-Gesellschaft 8. Bd.).

3) Constantin Beyer im „Tagebuch." Erf. Stadt-Archiv. Herrmann
Bibliothek 1, 18.

4) Caroline von Wolzogen in „Schillers Leben." I. Bd. Stuttgart
und Tübingen 1830. S. 76.

einstellendes heftiges „Katarrhfieber" gezwungen, einen
Tag das Bett und einige Tage das Zimmer zu hüten[1].
Es blieb bei einem einzigen Anfall, der aber so heftig war,
dass ihm und seinem Arzte, einem, wie er selbst sagt, nicht
ungeschickten Manne, der jedoch die Heilung „mit zu
wenig Aufmerksamkeit" betrieb, „vor dem Seitenstich und
einem hitzigen Fieber" — wir würden sagen „vor einer
Lungenentzündung" bangte. Der Frau von Stein, die an
seinem Leiden innigen Anteil nahm, erzählte Schiller später,
dass er bei diesem Anfalle in Erfurt bestimmt geglaubt hätte,
er müsse nun sterben[2].

Dem kranken Dichter suchten seine Erfurter Freunde
diesen Unfall so erträglich zu machen, wie irgend möglich
war, und der Coadjutor besuchte ihn wiederholentlich.
Am 11. Januar war Schiller wieder in Jena und bedauerte
nur die Tage, die er in Erfurt durch seine Krankheit ver-
loren hatte.

Indessen stellten sich die Kräfte nur sehr langsam
wieder ein: es fehlte sogar nicht an Rückfällen. —

So wenig erspriesslich also die Erfurter Reise für des
Mannes Gesundheitszustand gewesen war, um so wertvollere
Nachwirkung hatte sie auf seine dichterische Thätigkeit. Seitdem nämlich bewegte sich wieder der Plan
zu einem Trauerspiele in seinem Kopfe[3].

Lange hatte er nach einem Gegenstande gesucht, der
ihn zu einem solchen begeistern könnte; endlich hatte sich
einer gefunden. Die Beschäftigung mit dem „dreissigjährigen
Kriege" hatte in ihm ein lebhaftes Interesse für die
Persönlichkeit Albrecht von Waldsteins erweckt[4].

_____

1) An Körner, Jena, 12. Januar und 22. Februar 91. (Briefwechsel
I² S. 395, 399.).

2) Frau von Stein an Charlotte von Schiller. Bei L. Urlichs,
Charlotte von Schiller und ihre Freunde. Zweiter Band Stuttgart. 1862.
S 277.

3) An Körner, Jena, 12. Januar 1791. Briefwechsel I² S. 396.

4) C. Beyer, Neue Chronik von Erfurt, S. 224 (zu Anfang des
Jahres 1791). Vgl. auch Hepp, Schillers Leben. S. 379.

Heinrich Düntzer weist darauf hin, dass das Sujet des
Wallenstein, „abgesehen von ein paar politisch-dramatischen
Versuchen aus der Zeit des dreissigjährigen Krieges selbst
schon 1783 in einem zu Gotha erschienen Trauerspiele behandelt worden sei, und vier Jahre später hätte G. A. von
Halem ein sich sehr zersplitterndes prosaisches Schauspiel
geliefert, das mit dem Versuche begann, Wallenstein von
neuem zur Übernahme des Oberbefehls zu bestimmen."
„Aber diese Vorgänger", meint Düntzer ferner, „dürften
ihn weniger zu seinem Plane bestimmt haben, als
J. Chr. Herechenhahns neuer geschichtlicher Versuch
in der „Geschichte Albrecht von Wallenstein des Fried-
länders", die in zwei Bänden zu Altenburg 1790 und 1792
erschien" [1].

Ohne an dieser Annahme zu rütteln, erscheint es uns
doch höchst wahrscheinlich, dass dem Dichter die Idee
zum „Wallenstein" vor allem im Dalbergschen Kreise
näher gebracht worden sei. Erörtert wurde das Thema
jedenfalls im Briefwechsel mit Dalberg. Dieser schrieb
unterm 22. März 1791 an Schiller [2]: „Der Tod Wallensteins
ist ein grosses Thema für ein Trauerspiel. Die Umständen(!)
damaliger Zeit, die Schillers Geist in einen Brennpunkt
zusammenziehen wird, interessiren jeden Deutschen. Un-
bändige Leidenschaften mit eiserner kolossaler Charakter-
grösse machen Wallenstein zu einer höchst dramatischen
Figur. Professor Dominikus sucht alles auf, was auf
Wallenstein Beziehung hat, und wird ehestens
schreiben."

---

1) Schillers Wallenstein. Erläutert von Heinrich Düntzer. 5. Afl
Leipzig 1890. S 12 14. — Aus dem Vorhandensein des Herchen-
hahn'schen Werkes auf der heutigen „Königlichen Bibliothek" zu
Erfurt, welche Bestandteile der früheren „Boyneburgischen" und
der „Universitätsbibliothek" enthält, lässt sich nichts schliessen,
da die Anschaffungszeit jener Wallenstein-Biographie nicht festzu-
stellen ist.

2) v. Beaulieu-Marconnay, a. a. O., I, S. 176.

Also der gelehrte Erfurter Professor Jakob Dominikus[1]), der Verfasser des heute noch in Gebrauch befindlichen Buches über „Erfurt und das erfurtische Gebiet", Dalbergs Tisch-Genosse und zugleich Mitglied des Collegium Amplonianum in der „Himmelspforte", förderte Schillers Wallenstein-Dichtung, ja, war vielleicht der erste Veranlasser derselben.

Etwa acht Tage nach seiner Rückkehr nach Jena erkrankte Schiller von neuem. Ein starkes Fieber entkräftete ihn derartig, dass ihm die geringste körperliche Anstrengung Ohnmachten zuzog. Der liebevollen Pflege seiner Gattin und den sorgsamen Bemühungen zweier Ärzte gelang es, das Gespenst des Knochenmannes wieder einmal zu bannen.

Mit der erneuten Lebenslust erwachte in ihm der Wunsch wieder, zu seinen Freunden nach Erfurt zu kommen, und zwar für zwei bis drei Monate. Unterm 21. Mai beauftragte er brieflich den Professor Dominikus, ihm eine passende Wohnung von einigen Zimmern und etwa 3 Kammern in einem Privathause zu besorgen, weil ihm ein so langer Aufenthalt im Gasthofe doch etwas zu teuer zu stehen käme, und dort auch zu viel Unruhe um ihn wäre. Doch dürfte das Logis nicht zu weit von der „Hofstatt" (d. i. der Statthalterei, dem heutigen Regierungs-Gebäude) entfernt sein. Als Mietspreis bestimmte Schiller monatlich 7—8 Thaler; im ganzen wollte er, wenn er drei Monate bliebe, dafür vier bis fünf Louisd'or (wohl zu fünf Thalern gerechnet) anlegen[2]).

Diese Erfurter Reise musste indessen aufgeschoben werden, denn dem Patienten wurde eine Kur in Karlsbad zur Notwendigkeit. Er reiste Anfang Juli mit Frau und Schwägerin dorthin ab. Indessen wurde die dem Leidenden

1) Vgl. Albert Pick, „Professor Jakob Dominikus, der Freund des Coadjutors von Dalberg" Hamburg 1894. S. 16—20. (Sammlung gemeinverständlich. wissensch. Vorträge, herausgeg. von Virchow und Wattenbach Heft 189.

2) Schiller an Dominikus, Rudolstadt, d. 21. Mai 1791, bei Jonas, Schillers Briefe, Bd. III, No. 568, S. 146—147.

augenscheinlich sehr zuträgliche Karlsbader Kur vor der
Zeit abgebrochen, indem etliche in Rudolstadt geplante
Hoffeste Carolinens Gegenwart erforderten.

Da aus diesem Grunde eine Nachkur wünschenswert
erschien, reisten Schiller und Lotte, nachdem sie sich
in Jena und Rudolstadt kurze Zeit aufgehalten hatten, im
August wieder einmal nach Erfurt, wo beide, Egerbrunnen trinkend, mehrere Wochen verweilten.

Schiller und Frau hatten damals mietweise eine
Privatwohnung inne, und zwar im Hause der Witwe des
im Sommer 1787 verstorbenen „Biereigen" und Holzhändlers
Beyer am Plänchen 1), No. 2018 der Stadt, 133 der Viti-Ge-
meinde, jetzt Langebrücke 36. Dort hatte vorher Frau von
Hagen, geborene von Oertel, aus Weimar logiert, und
Dominikus hatte das Quartier wohl für Schillers ausfindig
gemacht. Noch ist in einem ganzen Fensterflügel jener
Wohnung eine Glasscheibe, jetzt im Erfurter Städtischen
Museum befindlich, erhalten, in die, vermutlich von des
Dichters eigner Hand, der Name „Schiller" eingeritzt ist.
Vorhanden ist auch noch das im ersten Stock belegene
Erkerstübchen, die Arbeitsstätte des teuren Mannes, aus
dessen nach Süden schauendem Fenster man einst in einen
frisch duftenden Garten und gerade auf einen herrlichen
Apfelbaum hinabsah. Geblieben ist endlich noch der durch
eine schmale Gallerie vom Schillerzimmer aus zu erreichende
Vorsaal, unter dessen Stuckdecke der fleissige Forscher so
oft, mit über den Rücken hängendem Zopfe, sinnend hin
und her gewandelt ist 2).

---

1) Hartung, Häuser-Chronik d. Stadt Erfurt. (1861), S 287. —
Boxberger a. a. O., S. 46. — Vgl. „Literarischer Nachlass der Frau"
Caroline von Wolzogen." Zweiter Band. Leipzig 1849, S. 2, Dalberg
betreffend: „Die Mittage wären noch hübscher, wenn wir allein wären.
Du weisst, denk ich, dass Dominikus, Benzel und Vanozi beständig
mit ihm essen." (Frau von Wolzogen an ihren Gemahl, Erfurt,
15. Februar 1795'. — Vgl. auch die Bekanntmachung im „Erfurtischen
Intelligenzblatt", 31 Stück v. Sonnabend d 4. August 1787.
2) J. Ch. Weissenborn, Erinnerungen an Karl M. E. Herrmann.
Beiheft zu den „Mittheilungen des Vereins für die Geschichte und
Alterthums-Kunde von Erfurt" 1875 S. 50, Anm. 22.

Da sich der Egerbrunnen von wohlthätigster Wirkung auf Schillers Befinden erwies, so zog auch neue Arbeitskraft bei ihm ein. Bereits am 6. September meldete er an Körner nach Dresden [1]), dass er im Stande sei, nunmehr zwei, drei Stunden des Tages zu lesen, ohne sich anzustrengen, und in der zweiten Hälfte des September diktierte er täglich vier, auch fünf Stunden an der Fortsetzung seines „Dreissigjährigen Krieges". Aus den Briefen Schillers an seinen Verleger Göschen [2]), von denen vier aus Erfurt datiert sind, geht auch hervor, mit welchem Teile des dreissigjährigen Krieges Erfurts berühmter Gast damals beschäftigt war. Derselbe gedachte seine vorliegende Arbeit bei einem interessanten Vorfall, beim Übergang Gustav Adolfs über den Lech, zu beschliessen. Diese Stelle ist bekanntlich eine der schönsten des ganzen Werkes.

Aber nicht nur der Geschichtschreiber, sondern auch der dramatische Dichter Schiller fand in jenen Erfurter Tagen Beschäftigung. Es hatte nämlich die Gesellschaft des Weimarer Hoftheaters am 19. August hier eine Reihe von Vorstellungen – etwa 20 – mit einem Prologe von Vulpius eröffnet, wobei die Hauptleitung des Theaters in Weimar in Goethes Händen lag. Die damals zu Erfurt aufgeführten Stücke sind heutzutage wohl alle vergessen, bis auf eines. Denn wer weiss noch etwas von Dittersdorfs „rothem Käppchen," von Babos „Strelitzen", von Schröders „Stille Wasser sind tief", von Ungers „Mondkaiser" und anderen längst verklungenen Titeln? [3]) — Die letzte Aufführung am 25. September aber brachte den

1) An Körner. Briefwechsel I² S. 420- 421.
2) Die Grenzboten. Zeitschrift für Politik und Literatur. 29. Jahrgang I. Semester. II Bd. Leipzig 1870, S. 380—382.
3) Siehe das Verzeichnis bei C. A. H. Burkhardt, das Repertoire des Weimarischen Theaters unter Goethes Leitung 1791—1817 (Theatergeschichtliche Forschungen, herausgegeben von Berthold Litzmann. I. Bdch.). Hamburg und Leipzig 1891. A. Chronologisches Verzeichnis der Stücke S. 2.-3. — K. v. Dittersdorfs komische Oper „Das rote Käppchen" (Rotkäppchen) war 1788 zum ersten Male aufgeführt worden.

„Don Karlos, Trauerspiel in 5 Akten von Schiller." Das
Stück kam in Erfurt auf Schillers eigene Veranlassung zur
Aufführung, und zwar hier früher als in Weimar, wo es
erst am 25. Februar 1792 über die Bretter ging.[1]) Für
diesen Dienst musste der Dichter freilich das Stück der
Gesellschaft überlassen.[2]) Der Erfurter Theaterzettel besagte,
dass die Ausgabe, nach welcher das Stück aufgeführt werde,
von dem Herrn Verfasser eigends ganz neu bearbeitet sei.
Nach der Erklärung von Fielitz ist dies „eine Theater-Be-
arbeitung in Versen gewesen, wie schon in Mannheim am
6. April 1788 eine Versbearbeitung über die Bühne gegangen war."[3])

Aus dem Briefe des dabei mitwirkenden Schauspielers
Karl Krüger an den Hofkammerrath Kirms in Weimar ersehen wir, dass Schiller gewissermassen als Dramaturg mit
der Besetzung der Rollen für die Don Karlos-Aufführung
zu thun hatte, und dass ihm einiger Verdruss in dieser
Thätigkeit nicht erspart blieb.

Die Regisseur Fischer[4]), der als verantwortliche Person
seinen Namen unter den Theaterzettel setzte, hatte die Rolle
des „Königs" für sich bestimmt. Darüber war Krüger
sehr ungehalten. Er schreibt — Erfurt, den 14. September
1791 — : „Die Sache mit Don Carlos ist in vollem Gange.
Gestern wurde ich zu Herrn Hofrath Schiller gebeten, wo
kurz vorher Herr Fischer gewesen war, und annoncirte
dass er den König schon im Don Carlos gespielt hätte.
Fischer den König! — O Narrheit! — Der Herr Hofrath Schiller entladeten sich denn unter einem Schwall von
Complimenten und Douceurs der Bitte, dass ich den Domingo
übernehmen möchte — worauf ich antwortete, dass es mir
herzlich leid thäte, ihm seine erste Bitte abschlagen zu

1) von Beaulieu-Marconnay, 1, S. 177.
2) An Körner. Jena, 24. October 1791. Briefwechsel I² S. 428.
3) Fielitz a. a. O. III, S. 42. Anm. 1.
4) Vgl. Julius Wahle, Das Weimarer Hoftheater unter Goethes
Leitung. Aus neuen Quellen. Weimar 1892, S. 38 ff. (Schriften der
Goethe-Gesellschaft Bd. 6).

müssen, indem ich mit Bewilligung der Ober-Direction keine Spitzbuben mehr spielte, zumal eine so kleine unbedeutende Rolle wie diese wäre. Ich würde jede andere Rolle mit Vergnügen übernehmen — ohnerachtet ich mit Recht Anspruch auf den König machen könnte. Hierauf sagte der Herr Schiller dass es ihm sehr unangenehm wäre, dass sich Herr Fischer schon zum König angetragen hätte, weil er nicht die mindeste Figur noch Anstand zu dieser Rolle hätte, dass er aber mit ihm deshalb reden wollte, weil er doch als Regisseur zum Besten des Ganzen jede andere Rolle übernehmen müsste und so empfahl ich mich." [1]—

Noch eine andere Personenfrage trat an Schiller heran, wie die Fortsetzung dieses Briefes beweist. Dort heisst es: „In der Assemblée bey dem Coadjutor sprach ich den Hofrath Schiller wieder. Da sagte er mir dass der Coadjutor ihm soeben gesagt hätte, dass er es sehr ungern sähe, wenn Herr Heusser mitspielte, und dass er es sich verbäte. Jetzt aber höre ich, dass Herr Heusser zum Hofrath Schiller gesagt hat, er möchte den Carlos noch nicht an Herrn Domaratius geben, weil er erst noch den Coadjutor nochmals um Erlaubniss bitten wollte." — —

Dieser „Heusser" ist kein Weimarer Schauspieler gewesen, sondern jedenfalls der Dr. Heuser, welcher nach Constantin Beyers Aufzeichnungen auf der Erfurter Dilettanten-Bühne — wie erwähnt — am 2. Januar 1791 einen Prolog gesprochen hatte. Wie wir wissen, hat Heuser denn auch nicht im Don Carlos mitgewirkt.

Auch der Fiesco wurde anlässlich Schillers damaliger Anwesenheit aufgeführt, und zwar am Montag den 26. September, doch nicht von den Weimaranern, sondern von der „hiesigen Nationalgesellschaft," einer Vereinigung von Erfurter Dilettanten. [2]

---

1) Ernst Pasqué, Goethe's Theaterleitung in Weimar. In Episoden und Urkunden dargestellt. Zweiter Band, Leipzig 1863, S. 73—74.
2) Erfurtisches Intelligenz-Blatt. 39. Stück. Sonnabends den 24. September 1791, S. 307: „Montag ... wird von der hiesigen National-

Wenn man den Aufzeichnungen Eduard Genasts[1]) Glauben schenken dürfte, so hätte Goethe, einem damaligen Gerüchte zufolge, der oben erwähnten Aufführung des Don Carlos incognito beigewohnt, wäre aber sehr unzufrieden mit derselben gewesen. Indessen ist diese Notiz wenig glaubwürdig.

Verschiedene aufrichtige Verehrer unseres Dichters, vornehmlich feurige Jünglinge, doch auch gesetzte Männer pilgerten in jener Zeit nach Erfurt, um Schiller in dieser Stadt ihre Huldigung darzubringen. So wollte einer der treuesten Hörer Schillers in Jena, der damals neunzehnjährige Friedrich von Hardenberg, als Dichter Novalis genannt, die Gelegenheit der Aufführung des Don Karlos in Erfurt benutzen, um, ehe er nach Leipzig übersiedelte, seinen Meister hier noch einmal zu besuchen. Es gelang ihm damals aber trotz angestrengter Mühe nicht, wie er unterm 22. September an Schiller schreibt, in Jena einen Wagen, geschweige denn ein Pferd zu bekommen, und es blieb ihm nach seinem eigenen Ausdrucke nichts übrig, als seine Phantasie so lebendig als möglich die Darstellung des auf ihn wartenden Vergnügens vollenden zu lassen. „Wie gern,“ fährt er fort,[2]) „hätte ich Sie nicht gesehen, wie gern an Ihrer Seite so glühend und froh den Dichter des Don Karlos und die gelungensten Augenblicke der Kunst in der Vorstellung genossen und verschlungen; wie freute ich mich nicht zugleich auf die persönliche Bekanntschaft mit dem guten, seelenvollen Dalberg der leider nur noch fast einzig unter den Fürsten Deutschlands steht, und den ich schon desswegen hochschätzen würde, wenn er sich

gesellschaft aufgeführt: Fiesko, oder die Verschwörung zu Genua, ein Republikanisches Trauerspiel in 5 Akten von dem dermal anwesenden Herrn Hofrath Schiller. Der Anfang ist 5 Uhr.“

1) Eduard Genast, Aus dem Tagebuche eines alten Schauspielers. Erster Theil. Leipzig 1862. S. 77.

2) L. Urlichs, Charlotte von Schiller und ihre Freunde. III. Bd. Stuttgart 1865, S. 172. — Über die Datierung des Briefes vgl. Fielitz a. a. O., S. 42, Anmerkg. 1.

nur für meinen lieben Schiller recht warm und innig interessirte."

Es ist aus bestimmten Gründen höchst wahrscheinlich, dass Novalis noch nachträglich seinen Besuch bei Schiller in Erfurt abgestattet hat.

Ferner machte der im Jahre 1790 an der lutherischen Kirche zu Marburg als Pfarrer angestellte humanistisch gebildete Karl Wilhelm Justi — er hielt auch an der Universität Vorlesungen über das Alte und Neue Testament — in Begleitung seines mütterlichen Oheims, des Philosophen und Kunstkenners Joseph Friedrich Engelschall, im September 1791 eine Reise, die sie über Alsfeld, Fulda, Eisenach, Gotha, Erfurt, Weimar, Jena, und zurück über Göttingen und Kassel führte. In Erfurt lernten sie unter anderen Dalberg und Schiller kennen. Dieser schrieb in Justi's noch heute im Besitze von dessen Familie befindliches Stammbuch die Juvenalischen Verse:

„Summum crede nefas animum praeferre pudori Et propter vitam vivendi perdere causas." [1])

In Engelschalls auch noch vorhandenem Stammbuche stehen von Schillers Hand die folgenden Verse aus Wielands Musarion, die Boxberger, [2]) E. Henke's

---

[1]) Zuerst mitgeteilt nach dem Tode K. W. Justi's (geb. 1769 zu Marburg, gest. 1846) in einer Erinnerungsschrift (Memoriam viri summe venerabilis et perillustris Caroli Guilelmi Justi . . . commendat Ernestus Ludovicus Theodorus Henke, Marburgi, 1847, p. 34/35). — Jene Reise ist erwähnt in einer kurzen, in Friedrich Wilhelm Strieders Grundlage zu einer Hessischen Gelehrten- und Schriftsteller-Geschichte Bd. XVIII S. 270 ff. abgedruckten Selbstbiographie Justi's (1819). Vgl. auch die von Justi verfasste Biographie Engelschalls in Friedrich Schlichtegrolls Nekrolog auf das Jahr 1797. Achter Jahrgang, 1. Bd. S. 104, Gotha, 1801. — Den Hinweis auf diese literarischen Hilfsmittel und die Korrektur der darin befindlichen Irrtümer verdanke ich der gefälligen Mitteilung des Herrn Geh. Regierungs-Rats Professor Dr. Carl Justi in Bonn. — Juvenal sagt übrigens — Sat. VIII, v. 83—84, (rec. C. F. Hermann): animum praeferre etc.

[2]) R. Boxberger, Erfurts Stellung zu unserer klassischen Literatur-Periode in einer Reihe von Vorträgen. Erfurt 1869. S. 21. — Vgl. E.

irrtümlicher Angabe folgend, dem Justi'schen Stammbuche zuweist:

Doch auch die Weissheit kann Unsterblichkeit erwerben.
Wie prächtig klingts, den fesselfreien Geist
im reinen Quell des Lichts von seinen Flecken waschen,
die Wahrheit, die sich sonst nie ohne Schleyer weisst,
entkleidet überraschen!
Um wieviel mehr als alle Weltbezwinger
ist der ein Held -- der, tugendhaft zu seyn,
sich kühn entschliesst, dem Lust kein Gut, und Pein
kein Uebel ist, zu gross, sich zu beklagen,
zu weise sich zu freun — der jede Leidenschaft
als Sieger an der Tugend Wagen
bevestigt hat und im Triumphe führt,
den nur sein eigener, kein fremder Beifall rührt!

Erfurt 17 (korrigiert aus 18) Sept. 91.
Zum Andenken unsrer kurzen Bekanntschaft.
F. Schiller.

In demselben Stammbuche steht endlich auch Schillers
Frau:

Des Lebens Becher zu geniessen,
In welchen Wohl und Wehe fliehen,
Und dies durch jenes zu versüssen,
Das ist des Weisen Wissenschaft.
Der sich auch Glück im Unglück schafft.

Gotter.

Erfurth den 17 (gleichfalls korrigiert aus 18) 7bre.
Schiller gebohrne von Lengefeld.

Justi bewahrte Schillers Andenken in treuem Herzen.
„Mit Wonne," schreibt er am 16. Februar 1793 von Hause

L. Th. Henke, a. a. O.: „Fr. Schillerus anno 1791 Erfordiae duobus
foliis nomen inscripsit, et alteri verbu Iuvenalis addidit: „Summum
crede nefas" etc., alteri versus aliquot, ni fallor, suos (!!) et numquam
adhuc typis expressos: „Doch auch die Weisheit kann Unsterblichkeit
erwerben" etc. — Diese Verse stehen vielmehr mit geringen Abweichungen in der Hempel'schen Ausgabe von Wielands Werken,
IV. Th., S. 9—10.

an Schiller,[1] denke ich an die Augenblicke zurück, wo ich vor anderthalb Jahren in Erfurt das Glück hatte, in Ihnen meinen Lieblingsschriftsteller persönlich kennen zu lernen."

Die Veranlassung, unserm Dichter schriftlich seine Verehrung zu bezeugen, bot dem Marburger Professor, der schon im Alter von vierzehn Jahren ein Poëm für den Göttinger Musen-Almanach geschmiedet hatte, ein selbstverfasstes Gedicht, für welches er ein Plätzchen in Schillers „Thalia" erbat.

Unser Gewährsmann, C. Justi, erinnert sich aus seinen Knabenjahren, dass sein Grossvater, der Zeitgenosse Schillers, von jener Erfurter Begegnung gern erzählte, unter anderem auch dies, dass, auf Schillers Vorschlag, die drei ein Gedicht über dasselbe Thema improvisierten.

Am 18. September begrüsste unsern Dichter ein anderer Gast, — einer seiner Schüler, der in Jena zu den Füssen des Professors Schiller gesessen und die Geschichte der europäischen Staaten und diejenige der Kreuzzüge aus seinem Munde vernommen hatte — Georg Friedrich Creuzer. Dieser war damals auf der Rückkehr von Jena begriffen; später hat er als Professor in Heidelberg gewirkt. Ihm schrieb der verehrte Lehrer folgende Worte ins Album:[2]

„Die Natur gab uns Daseyn; Leben gibt uns die die Kunst und Vollendung die Weisheit."

„Erfurt den 18. September 1791."

„Fr. Schiller."

So war Schillers Geist in jenen Tagen mit den verschiedensten Dingen in Erfurt beschäftigt. Rechnen wir noch hinzu, dass den Dichter zur Zeit pekuniäre Sorgen drückten, und dass er deshalb seinen Verleger Göschen um

1) Urlichs, Briefe an Schiller, Stuttgart 1877, S. 161—162.
2) Schiller's Album. Eigenthum des Denkmals Schillers in Stuttgart. (Gedruckt in der Offizin der J. G. Cotta'schen Buchhandlung 1837, S. 42.

Zahlung oder Assignierung von fünfhundert Thalern er-
suchte, trotzdem er augenblicklich bei demselben nur ein
Guthaben von etwa zweihundert Thalern hatte,[1] so müssen
wir gestehen, dass uns jene Anwesenheit Schillers in Erfurt
mit wünschenswertester Genauigkeit vor Augen liegt. Der
Coadjutor, welcher „recht freundschaftlich um ihn be-
kümmert“ war, und bei dem er die Abende zuzubringen
pflegte, konnte ihm, da er selbst einen unverhältnismässigen
Aufwand machte, in pekuniärer Beziehung nicht helfen.
Auf sein Anraten bat Schiller den Herzog von Weimar
brieflich um eine Besoldung, die hinreichend wäre, ihn
im äussersten Notfalle ausser Verlegenheit zu setzen. Der
Herzog sandte sofort eine ansehnliche Summe an Schillers
Gattin, indem er freilich bemerkte, dass er sich auf eine
bestimmte Erhöhung der Pension „alleweile“ nicht einlassen
könne.[2] Am 18. September war auch Caroline von Beulwitz aus Rudolstadt nach Erfurt gekommen, um ihren Lieben
und dem wackeren Dalberg näher zu sein.

So angenehm also dem Schiller'schen Paare die Tage
in Erfurt verflossen, so fühlten sich beide doch nicht ganz
wohl hier. Sie sehnten sich nach der eigenen Häuslichkeit
und kürzten deshalb den noch auf längere Zeit geplanten
Aufenthalt ab. Ihre Abreise erfolgte am 1. Oktober.

Auf den Wunsch seiner jungen Gattin war Wilhelm
von Humboldt im Februar 1792 nach Erfurt[3] gezogen, und
alsbald war Schillers Schwägerin zu einem längeren Besuche bei dem Ehepaar erschienen. Hier begann Humboldt

---

[1] Besonders ist von der Forderung, die er an Funk für Honorar
hatte, die Rede. Vgl. Schiller an Körner, E., d. 6. Sept. 91, und Körner
an Schiller, Dresden d. 12. September 1791. — Briefwechsel I² S. 421.
— Schiller an Göschen, Erfurt, den 27. Aug. 91. „Grenzboten“ 29. Jahrg.
I. Sem. II. Bd. Leipzig 1870, S. 380 381.

[2] E. Palleske, Schillers Leben und Werke. 10. Afl. Stuttgart
1879, S. 231 ff.

[3] E. Maier, Wilhelm von Humboldt, S. 26/27.

mit der Übersetzung Pindarischer Oden, und er setzte diese
pöetische Thätigkeit fort, nicht ohne dass er durch Schillers
Beifall dazu aufgemuntert worden war.

Dienstag den 22. Mai 1792 wurde Schiller aufgefordert,
der Taufe einer am 16. desselben Monats geborenen
Tochter Wilhelm von Humboldts und seiner Frau Caroline
in Erfurt beizuwohnen. Die Erfurter Reise schien durch
den Umstand sehr erleichtert zu sein, dass Schiller seit
kurzem ein Reitpferd besass. Die Schwägerin Caroline,
die in Erfurt war, hatte es übernommen, deswegen an
Lotten zu schreiben;[1] sie schlug indessen vor, da die Tour
nach Erfurt und zurück für den körperlich leidenden
Mann zu anstrengend wäre, dass das Ehepaar die Herreise
in einer Chaise bewerkstelligte, Schiller selbst aber zurück
ritte. Allein die Taufe fand am Dienstag den 29. Mai im
Dacheröden'schen Hause statt, ohne dass Schiller anwesend
gewesen wäre, und erst am Montag den 4. Juni reiste er
nach der alten kurmainzischen Stadt. Bei Dalberg hatte
er die Freude, einen guten Bekannten, den Husaren-Ritt-
meister von Funk, zu treffen, der ihn danach auch in Jena
besuchte. Dieser gehörte zu der Zahl jener Männer, welche
Schiller zur Bearbeitung der von ihm herausgegebenen
historischen Memoiren, sowie zur Mitarbeiterschaft an der
Thalia herangezogen hatte. —

Ausserdem traf Schiller damals in Erfurt den Elsässer
Franz Michael Leuchsenring, der einst als Hessen-Darm-
städtischer Rat mit dem Erbprinzen von Hessen als Reise-
begleiter ins Ausland gegangen war, und der sich ausge-
dehnter Beziehungen zu bedeutenden Zeitgenossen, wie zu
Herder, Wieland, Gleim, den beiden Jacobi, Sophie von
La Roche und Lavater erfreute, der aber in der Litteratur
einen wenig beneidenswerten Platz dadurch erlangt hat, dass
ihn Goethe im Fastnachtsspiel vom Pater Brey verspottete[2].

---

1) Fielitz a. a. O., III, S. 60—61.
2) Vgl. Fr. Strehlke in der Vorbemerkung zu Goethes Pater
Brey, Goethes Werk (Hempel'sche Ausg.), Achter Teil, Berlin o. J., S. 141.

Die Veranlassung dazu hatte der Bruch Herders mit ihm gegeben, der mit dem grossen Einflusse unzufrieden gewesen war, welchen Leuchsenring über seine — Herders — Braut Karoline Flachsland gewonnen hatte.

Diesen Mann, der alle Verhältnisse nach seinem Kopfe ändern wollte, ohne zumeist von dem Wesen derselben eine Ahnung zu haben, — von dem man sich erzählte:

„Wie er Alles nach seinem Gehirn einricht't,
Wie er will Berg und Thal vergleichen,
Alles Rauhe mit Gips und Kalk verstreichen," — [1])

ihn traf Schiller mit einer eben so eigenartigen Gattin in Erfurt an, einem ehemaligen Fräulein von Bielefeld, welches in Berlin Hofmeisterin gewesen war. Das würdige Paar war auf dem Wege nach der Schweiz begriffen [2]).

In diese Zeit fällt eine unsern Helden betreffende und in dem vor etlichen Jahren erschienen Buche von Lina Walther [3]). „Die Frau Marquise" sich findende Notiz, die chronologisch nicht genau bestimmt ist, die aber einen historischen Kern hat. — Die Verfasserin erzählt, dass Schiller in seiner Seele den Plan bewegt hätte, eine Denkschrift über die Streitsache des im Kerker schmachtenden Königs Ludwig XVI. von Frankreich abzufassen, und dass er eines Tages in der Dalberg'schen Assemblée auf den „Marquis d'Orville" zugekommen wäre, mit der Aufforderung, dieses Memoire für seine – des Marquis — Landsleute zu übersetzen. Es wäre unserm Dichter sehr leid gewesen, dass der Marquis sich zwar gern dazu bereit erklärte hätte, Schillers Wunsch zu erfüllen, dass er aber sehr wenig Hoffnungen daran geknüpft habe.

Nun ist zwar, nach gefälliger Mitteilung der Frau Pastor Walther in Wernigerode „der Marquis d'Orville" eine Schöpfung ihrer eigenen Phantasie; doch findet sich

---

1) Goethe a. a. O., S. 185.
2) Schiller an Körner. Jena, 10. Juni 1792. Briefwechsel I S 455.
3) Lina Walther. Die Frau Marquise. Hamburg 1892, S. 89, 90, 96.

im Anhange zum zweiten Bande der Schiller-Biographie
Palleskes[1]) die Angabe, dass Schillers Schwägerin Karoline
den aus Erfurt gebürtigen damaligen Gothaischen Rath
Zacharias Becker[2]) mit Schillers Absicht bekannt gemacht
habe, jene Schrift abzufassen, und dass sie ihm den Wunsch
desselben mitgeteilt hätte, die Arbeit von Becker ins
Französische übertragen zu erhalten. Ihrem Briefe wäre
auch ein darauf bezügliches Blatt von Schillers Hand bei-
geschlossen gewesen. Wie Beckers Antwort gelautet hat,
wissen wir nicht; aber aus den von diesem auf das Blatt
gesetzten Daten — „Schiller, Jena 30. December 92, be-
antwortet 2. Jan. 93" – ersehen wir den Grund, weshalb
der Plan nicht zur Ausführung kam. Die Bergpartei stand
damals auf der Höhe ihrer Macht, und schon am 21. Januar
1793 fiel das Haupt des unglücklichen Königs von Frankreich als ein Opfer der Volkswut.

Der anregende Verkehr Schillers mit Wilhelm von
Humboldt, der im Winter 1789—90 in Weimar angeknüpft
und in Erfurt weitergesponnen war, erreichte seinen Höhe-
punkt im Frühjahr 1794 in Jenas Mauern, als Humboldts
dem Dichter zu Liebe nach jener „oberen Musenstadt an
der Saale" übergesiedelt waren, und Schiller seine Reise
in die schwäbische Heimat beendet hatte. Jene glücklichen
Tage, vereint mit der Erinnerung an den gleichzeitigen
Umgang mit Goethe, begeisterten noch in späten Jahren
Wilhelm von Humboldt zu folgendem Sonette:

Morgen des Glücks.

„Im kleinen Raum von Erfurts reichen Auen,
Bis wo aus Schwarzburgs engem Fichtenthale,
Sich lieblich windend, rauschend strömt die Saale,
Vermocht' ich wol mein keimend Glück zu schauen.

---

1) Palleske a. a. O., II. S. 266. 610
2) Derselbe war früher Erzieher im Dacherödden'schen Hause
gewesen und entfaltete seit 1783 in Gotha eine ausgedehnte pädago-
gische Thätigkeit, zuletzt mit dem Titel eines herzoglichen Rathes.

Ich sah den Morgen dort des Lebens grauen,
Wenn Morgen heisset, wann zum erstenmale
Hernieder aus der Liebe goldner Schale
Dem Geist des tiefen Sinnes Perlen thauen.
Denn die der Kranz des Dichterpreises schmückte,
Die beiden strahlverwandten Zwillingssterne,
Die spät noch glänzen in der Zukunft Ferne,
In Freundschaftsnähe mir das Schicksal rückte,
Da Bande, von der Liebe süss gewoben,
Empor mich, wie auf lichter Wolke hoben [1]."

Der mehr zu feinem Nachempfinden als zu künst-
lerischem Hervorbringen angelegte Humboldt war thatsäch-
lich Schillers zweites Ich geworden. Er hatte sich mit Begeisterung in die Gedankendichtungen des Freundes hin-
eingelebt, die ja zum Teil aus gemeinsam entwickelten
Ideen aufgebaut waren; er war ihr eifriger Ausleger und
Verkünder geworden; er hatte, um mit des Dichters Worten
zu reden, „die Kinder der" Schiller'schen „Muse adoptiert
und teilte" mit diesem „die Vaterfreuden." Die wertvolleren
vier für den Musenalmanach geschaffenen Gedichte, wie
„die Würde der Frauen" und „Die Geschlechter" waren
durch die Art ihres Entstehens „Gemeingut Beider" geworden, ja, für Humboldt, um mit Rudolf Haym zu reden,
„Fleisch von seinem Fleisch und Bein von seinem Bein."

Zu Beiden gesellte sich, wie erwähnt, die hehre Gestalt Goethes, an dessen homerischer Dichtung „Hermann
und Dorothea" Wilhelm vom Humboldt die Gesetze der
epischen Poësie in grundlegender Weise entwickelte.

Die Erinnerung an diesen einzigen philosophischen Drei-
männerbund spricht auch aus jenen Worten, die Goethe, der
Greis, am 19. Oktober 1830 in einem Schreiben an den altern-
den Wilhelm von Humboldt richete: „Durch den entschieden-
sten Gegensatz ward ich in jene Zeiten zurückgeführt, wo

---

1) Wilhelm von Humboldts gesammelte Werke. Berlin 1841, Bd.
II., S. 364 (Nr. 9).

wir, mit unserm grossen, edlen Freund verbunden, dem
fasslichen Wahren nachstrebten, das Schönste und Herr-
lichste, was die Welt uns darbot, zur Auferbauung unsers
willigen, sehnsüchtigen Innern, zur Ausfüllung einer stoff-
und gehaltbedürftigen Luft auf das treulichste und fleissigste
zu gewinnen suchten [1]."

Wilhelm von Humboldt weilte an den Ufern der
Tiber, als die Nachricht von Schillers Tode eintraf. Da
ergriff ihn mächtig die Sehnsucht. „Denn ach! nun sollte
er sie niemals wieder sehen, diese edlen und ernsten Züge,
das auf die Brust geneigte Antlitz, die hohe, leidberührte
Gestalt" . . . „In langer Zeit, sagte er sich, werde ein so
rein intellektuelles Genie, so zu allem Höchsten in Dichtung
und Poesie ewig aufgelegt, in langer Zeit eine solche
Kunst im Schreiben und Reden nicht wieder aufstehen.
Nun fand er, dass er mit diesem Manne seine ideenreichsten
Tage zugebracht habe [2]." . . .

Unter allen den wechselnden Beziehungen aber, die
unser grosser Dichter so viele Jahre lang zu Erfurt und
den Erfurtern unterhielt, ragt unveränderlich wie ein Fels
in der Strömung, die Freundschaft mit dem Koadjutor
von Dalberg hervor, — mit jenem Dalberg, den schon
Friedrich der Grosse hoch geschätzt hatte.

Wie Caroline von Wolzogen [3] erzählt, dachten sich
Schiller und die Seinigen an Dalbergs dereinstiger Residenz
in der schönen Gegend von Mainz ein herrliches Leben.
Wilhelm von Humboldt, sowie die geistreiche Henriette
von Knebel, die Schwester des weimarischen Prinzen-Er-
ziehers Karl Ludwig von Knebel, wollten auch dorthin
übersiedeln, — Schillers Schwägerin, auf die „des Coadjutors lebendiger Geist," wie „die wahrhaft kindliche Güte

---

1) F. Th. Bratranek, Goethes Briefwechsel mit den Gebrüdern
von Humboldt. (1795—1832). Leipzig 1876, S. 289/290. —

2) R. Haym. Wilhelm von Humboldt. Lebensbild und Charakteristik. Berlin 1856, S. 127—129. 211.

3) Schillers Leben. II. S. 60.

seines Herzens" einen bedeutenden Zauber ausübten, gedachte sich in Besuchen mit ihren Freunden oft dort zu vereinen.

Vom Herbst 1789 bis zum Herbste 1803, also 14 Jahre hindurch, kann man in den von Schiller an seine Angehörigen und Freunde gerichteten Briefen Äusserungen der Hoffnung auf Dalbergs kommende Wohlthaten, und solche der Dankbarkeit für erwiesene Freundlichkeiten finden. Es ist ein grosser Verlust für die Menschheit, dass die Briefe, welche Schiller selbst an diesen Gönner versandt hat, und nach denen des Dichters Witwe lange vergeblich forschte, als verschollen betrachtet werden müssen.

Anfangs erhoffte Schiller durch den Koadjutor eine Anstellung entweder bei der Mannheimer Akademie, oder in Heidelberg; später schien Dalberg allen Ernstes gewillt zu sein, sobald es die Verhältnisse erlauben würden, den Dichter völlig unabhängig hinzustellen, so dass ihm seine ganze Zeit und Freiheit bliebe. Dazu musste der fürstliche Freund aber erst den Titel und die vollen Einkünfte eines Kurfürsten von Mainz erlangen, — ein Fall, dessen Eintritt doch bald zu erwarten war, da der derzeitige Inhaber der Kur, Friedrich Carl Joseph, hochbetagt war. Oft, wenn die Phantasie jener Leutchen die schönen Zukunfts-Träume zu lebhaft ausmalte, verfinsterte, wie berichtet wird, tiefer Ernst des Koadjutors Züge, und er sagte: „Kinder, denkt euch das ja nicht als etwas Gewisses; mancher Sturm kann das Alles umstürzen."

Die Ahnungen des Staatsmannes, der die Verwüstung des Vaterlandes durch die französischen Revolutionsheere voraussah, trafen nur zu richtig ein. Schon seit dem Frieden zu Basel — April 1795 —, der das linke Rheinufer vorläufig in den Händen der Franzosen liess, konnte man vermuten, das Dalberg um den grössten Teil seiner Aussichten betrogen sei, und diese Erkenntnis spricht auch Schiller in einem Briefe an Körner vom 23. Juli 1796 aus: „Die politischen Aspekten begünstigen mich auch von

Seiten des Koadjutors nicht mehr." Freilich wurde Dalberg
noch Fürstbischof von Konstanz, dann — Ende Juli 1802
— für kurze Zeit Kurfürst und Herr des um seine links-
rheinischen Besitzungen verkleinerten Erzbistums Mainz,
sowie Reichserzkanzler, hierauf Primas des Rheinbunds,
dann Fürst von Aschaffenburg und Grossherzog von Frankfurt, zuletzt Erzbischof von Regensburg; aber er bedeutete
infolge der veränderten Verhältnisse als regierender Fürst
nur noch wenig. Gleichwohl blieb er dem Weimarer
Dichter „einer von den wenigen Grossen, deren Umgang
man, auch ohne einen Zweck mit ihnen zu haben, mit
Vergnügen cultiviren kann." Auch dies Wort über Dalberg
ist ein Zeugnis für „die eigenthümliche Anmuth dieses aus
Begeisterung, Eitelkeit und Zagheit so seltsam gemischten
Geistes [1]."

Zu allen Offenbarungen des Schiller'schen Genius, die
seit der Anknüpfung mit Dalberg das Licht erblickten,
liegen in den Briefen dieses Gönners freudige, zustimmende
Kundgebungen vor. So sandte jener, als in der „Thalia"
die Übersetzung des zweiten und dann die des vierten
Buches von Vergils Aeneis erschienen war, seine Glück-
wünsche im November 1891 und im März 1792. An dem
zuerst genannten Gesange hat er bemerkt „wie der immer
gleiche Gang der Gedanken, Bilder und Ausdrücke immer
edel, immer kraftvoll und doch immer ohne Anspannung
der Kräfte voranschreitet und sich allmälig der ganzen
Seele bemächtigt." In dem zuletzt erwähnten Teile des
Vergil'schen Werkes aber dünkte ihm, dass „das schöne,
rührende Gemälde der Dido" durch des Übersetzers Meister-
hand gewonnen habe.

Die erste Ausgabe von Schillers ästhetischer Schrift
„Über Anmuth und Würde", die im Mai 1793 bei Göschen
in Leipzig erschien, trug die Widmung: „An Carl von
Dalberg in Erfurth." Dazu war das Motto gesetzt: „Was

---

1) Heinrich von Treitschke, Deutsche Geschichte im Neunzehnten Jahrhundert. Zweiter Theil. 3. Aß. Leipzig 1886. S. 345.

du hier siehest, edler Geist, bist du selbst," ein Wort,
welches dem vierten Gesange von Miltons Paradise Lost
(v. 468) entnommen ist: „What there thou seest, faire
creature, is thyself." ---

Die ursprünglich an den Herzog von Augustenburg
gerichteten Briefe „über die ästhetische Erziehung der
Menschen" veranlassten durch ihr Erscheinen den Koadjutor zu dem Urteil, dass in ihnen den Künstlern eine treff-
liche, veredelnde Laufbahn bezeichnet sei; doch konnte
dieser einen Stossseufzer über „die Wildheit und Feigheit"
seiner Zeit, die den Musen im Wege ständen, nicht unterdrücken. In demselben Briefe, welcher am 2. Februar 1795
geschrieben ist, kündigte Dalberg zugleich seinen Beitrag
zu den „Horen" an, der denn auch im 5. Stücke dieser
Zeitschrift unter dem Titel „Über Kunstschulen" abgedruckt
wurde. Indessen verursachte dieser ganz misslungene
schriftstellerische Versuch des fürstlichen Gönners dem
Dichter als Herausgeber der „Horen" erhebliche Verlegenheit, und nicht ohne Mühe entledigte er sich der deshalb
auf ihm ruhenden redaktionellen Verantwortlichkeit.

Trotz dieses kleinen Missklangs, von dem Dalbergs
argloser Sinn vielleicht gar nichts gemerkt hat, blieb das
Verhältnis beider Männer das gleiche, herzliche. Immer
wieder versenkte sich der Erfurter Mäcen bewundernd in
Schillers Produktionen. „Der Spaziergang," bei seinem ersten
Erscheinen in den „Horen" „Elegie" betitelt, begeisterte
jenen zu folgendem Lobspruche: „Wohl dünkt mir, sie (die
Elegie) ersteige allmälig die Höhen des lyrischen Gesanges,
der in gedrängtem Blick das Unermessliche darbietet, und
dann den rauschenden Strom über Klippen und Felsen
herabstürzt; aber bald lenkt der sanftere Pfad wieder in
das mildere begrenzte Thal der Elegie zurück." -- Den
Aufsatz „Über naive und sentimentalische Dichtung" charak-
terisierte der Koadjutor[1]) als „das Höchste und Tiefgründ-

---

1) Brief aus Erfurt vom 27. Februar 1796, von Beaulieu-Marconnay, a. a. O., I. S. 183.

lichste, was über Dichtkunst gesagt worden," und das Gedicht „Würde der Frauen" als ein „wahrhaft hohes Lied"
und als „das erhaben-schönste Werk der Dichtkunst."
Als im Musen-Almanach für 1797 die kampfesmutigen
Xenien veröffentlicht worden waren, hielt Karl von Dalberg
nicht mit seiner Meinung zurück. Er hielt es eben nicht
für übel, „den Parnass von Bav und Mäv und Lobin"
der Gegenwart zu reinigen; doch gab er zu verstehen,
dass er persönlich ein Freund des Friedens wäre. Wir
wissen, dass Schiller diese Friedensmahnungen beachtet
hat. Dalbergs ganzen Beifall aber, den er in sentenziöser
Weise ausgedrückt hat, fanden die im Musen-Almanach
für 1798 veröffentlichten Schiller'schen Balladen. — Nach
alledem ist es höchst wahrscheinlich, wenngleich keine
zwingenden Beweise dafür vorliegen, dass, wie Palleske ver-
mutet, das weihevolle Gedicht „der Antritt des neuen Jahrhunderts," in dem die weltgeschichtlichen Umwälzungen,
die an der Schwelle dieses Jahrhunderts vor sich gingen,
vom Standpunkte der Menschlichkeit aus beklagt werden,
an ihn als an einen Fürsten, gerichtet sind, dem die
französische Revolution und ihre Folgen so vieles geraubt
hatten:
  „Edler Freund! Wo öffnet sich dem Frieden,
  Wo der Freiheit sich ein Zufluchtsort?
  Das Jahrhundert ist im Sturm geschieden,
  Und das neue öffnet sich mit Mord." u. s. w.

Durch das Ableben des alten Kurfürsten von Mainz
war Dalberg endlich am 25. Juli 1802 Kurfürst geworden,
und Schiller versäumte nicht, ihm hierzu seinen Glück-
wunsch darzubringen. Die Antwort beweist, dass der neue
Souverain dem Briefschreiber die alte Anhänglichkeit be-
wahrt hatte, dass er aber mit kritischem Blicke auf die
völlig veränderten Verhältnisse hinsah: „Ihr Brief hat mich
unaussprechlich gefreut! oft hat sich mein Geist an dem
Ihrigen gestärkt; oft ergötzten mich die Ergiessungen Ihrer
erhabenen und keuschen Muse; entflammten in mir die

Liebe des sittlich schönen und guten! und! dann beschlich
mich der Wunsch, Deutschlands Dank dem ersten deutschen
Dichter zu entrichten; näher bin ich an dem Ziele (doch
unter uns gesagt) gesichert ist es nicht ganz!" —

Am 11. Februar 1803 übersandte unser Dichter dem
nunmehrigen Kurfürsten, Reichs-Erzkanzler — wie Schiller
in seinem Kalender sagt: Archicancellier — von Dalberg
die „Braut von Messina" und erhielt dafür ein von Regensburg den 3. März 1803 datiertes Dankschreiben. Endlich
feierte Schiller den fürstlichen Gönner durch jene Ottave
rime, die das letzte vollendete Drama Schillers, den „Wilhelm
Tell", am 25. April 1804 begleiteten:

„Wenn rohe Kräfte feindlich sich entzweien,
Und blinde Wuth die Kriegesflamme schürt,
Wenn sich im Kampfe tobender Parteien
Die Stimme der Gerechtigkeit verliert;
Wenn alle Laster schamlos sich befreien,
Wenn freche Willkür an das Heil'ge rührt,
Den Anker löst, an dem die Staaten hängen:
— Da ist kein Stoff zu freudigen Gesängen.
Doch wenn ein Volk, das fromm die Heerden weidet,
Sich selbst genug, nicht fremden Guts begehrt,
Den Zwang abwirft, den es unwürdig leidet,
Doch selbst im Zorn die Menschlichkeit noch ehrt,
Im Glücke selbst, im Siege sich bescheidet:
— Das ist unsterblich und des Liedes werth.
Und solch ein Bild darf ich dir freudig zeigen,
Du kennst's, denn alles Grosse ist dein eigen."

Nach dieser hervorragenden Huldigung wäre ein
weiteres Zeichen der Verehrung von Übel gewesen. Mit
Recht hat daher Dalberg die Widmung des Schiller'schen
Tell, die in einer besonderen Vorrede erfolgen sollte, und
bezüglich deren die Verabredungen mit Cotta bereits ge-
troffen waren, abgelehnt. Dies geschah mit den Worten:
„Sehr schätzbar war mir die zugedachte Ehre! Aber
Schillers erhabene Muse huldige der Tugend und keinem

Sterblichen; dies ist der Wunsch Ihres Freundes Karl. —
Aschaffenburg. 6. Juli 1804." — Es war länger als anderthalb Jahrzehnte, bis zu des Dichters Tode, für Dalberg ein
Anlass zu aufrichtiger Betrübnis, dass er „für Schiller das
nicht sein konnte, was Deutschland längst für ihn hätte
sein sollen: dankbar dem Edlen, der eine Zierde des deutschen Namens ist." Er unterstütze ihn gleichwohl als Privatmann in hochherzigster Weise so sehr, wie nur immer seine
verhältnismässig bescheidenen Mittel erlaubten.

Am 1. März 1796 sandte er ihm zur Stärkung zwölf
Flaschen Rheinwein aus dem herrschaftlichen Keller, die
mit dem kürfürstlichen Wappen, Ring und Stab, gesiegelt
waren. Hierfür sprach ihm der Dichter seinen Dank in
drei schwungvollen Distichen aus. Dieselben lauten nach
dem Xenien-Manuskript im Goethe- und Schiller-Archiv zu
Weimar folgendermassen:

„Ein Korb mit Steinwein.
Ring und Stab, o seid mir auf Rheinweinflaschen will-
kommen
Ja, wer die Schafe so tränket, der heisst mir ein Hirt.
Dreimal gesegneter Trank! dich gewann mir die Muse, die
Muse
Schickt dich, die Kirche selbst drückte das Siegel dir auf.
Nie erscheinen die Götter allein, das glaubt mir, kaum
hab' ich
Bacchus im Hause, so klopft Phöbus der Herrliche an." —

Nach der Geburt von Schillers erstem Sohne übernahm
Dalberg auf des jungen Vaters Bitte bereitwillig die Stelle
eines Paten und war erfreut, wie er sich im Schreiben
vom 8. Oktober 1793 aus Mörsburg ausdrückt, dass durch
dieses geheiligte Band die beiderseitige Freundschaft noch
fester geknüpft sei.

Endlich hat er in den Jahren 1803 und 1804 dem
leidenden Freunde Geldgeschenke in drei Raten von zu-
sammen mehr als achtzehnhundert Thalern zukommen lassen.

Diese Summe aber erscheint um so ansehnlicher, wenn man die dringende Geldnot berücksichtigt, in der sich der Fürst gar zu oft selbst befand, und die ihn, den allzeit hilfsbereiten, einmal sogar veranlasste, seinen Reisewagen zu verkaufen, um nur einer notleidenden Familie die ihr versprochenen zweihundert Gulden zufliessen zu lassen[1]).

Durch Dalbergs andauernde Teilnahme für Schiller ist der Stadt Erfurt im Leben des Dichters ein rühmlicher Platz gewonnen.

Wir sind inzwischen dem Laufe der Ereignisse voran geeilt. Zu berichten ist noch von Schillers letztem Besuche in Erfurt im Mai 1803.

Schon damals war der Gegensatz vorhanden, der heutzutage einem jeden bei einer Vergleichung der zwei Städte Weimar und Erfurt auffällt: dort — die friedliche Stille einer kleinen und feinen Residenz, hier — das frisch pulsierende Leben einer alten Handels- und Fabrikstadt, die gleichzeitig eine ansehnliche Garnison besitzt. Darum suchte Schiller auch schon zum Zwecke der Zerstreuung Erfurt gern auf.

Am 12. Mai 1803 schreibt er aus Weimar an Körner[2]): „Ich habe in diesen Tagen auch lustig gelebt: die preussischen Officiere in Erfurt haben mich zu einem Feste eingeladen, und ich bin hingegangen. Es hat mir viel Spass gemacht, mich mitten in einem grossen Militair zu finden; denn es waren gegen hundert Officiere beisammen, wovon mir insbesondere die alten gedienten Majors und Obersten interessant waren."

Es handelte sich um das Stiftungsfest eines neu gebildeten Regiments zu Fuss, zu dessen Chef der Generallieutenant von Wartensleben ernannt worden war[3]), und

1) August Krämer, Carl Theodor Reichsfreyherr von Dalberg, vormaliger Grossherzog von Frankfurt, Fürst-Primus und Erzbischof. Eine dankbare Rückerinnerung an sei wohlthätiges Leben, und eine Blume auf sein Grab. Regensburg, 1817, S. 56-57.

2) Briefwechsel mit Körner. II², S. 440—441.

3) Thüringische Vaterlandskunde vom 9. Februar 1803.

das im Beisein Seiner Durchlaucht des Fürsten von Hohenlohe-Ingelfingen, Generals der Infanterie und Gouverneurs von Anspach-Baireuth, und mehrerer benachbarter Fürsten begangen wurde [1]). Bei jener Gelegenheit ist vermutlich, was wir schon an anderer Stelle [2]) ausgesprochen haben, der spätere Freiheitskämpfer Neithardt von Gneisenau mit unserm Sänger der Freiheit bekannt geworden. Denn jener befand sich als Kapitain und Kompagnie-Chef unter den preussischen Truppen, die seit dem 21. August 1802 von Erfurt Besitz genommen hatten. Nun unterliegt es aber bei Gneisenaus bekannten geselligen Talenten keinem Zweifel, dass dieser dem vom Grafen von Wartensleben veranstalteten Feste, das unserm Dichter so viele Freude machte, beigewohnt hat, zumal wir in einem Briefe Gneisenaus an seine Gemahlin, vom 13. Mai 1803, also einen Tag nach Schillers Schreiben abgefasst, die Schilderung eines ähnlichen, in jenen Tagen gefeierten Erfurter Festes haben.

Stadt und Gebiet Erfurt waren damals seit kurzem infolge des Lüneviller Friedens und der sich daran anknüpfenden Unterhandlungen an die Krone Preussens übergegangen, und ihr Träger, König Friedrich Wilhelm III., hatte durch Erlass aus Königsberg vom 8. Junius 1802 diesen Besitz angetreten. Am 30. Mai 1803 beehrten der König und seine Gemahlin, die Königin Luise, die neuen Unterthanen in dieser Stadt mit ihrer Gegenwart. Wir wissen, dass Schiller, der vom General Wartensleben schon längst eingeladen war, einmal herüberzukommen, damals grosse Lust hatte, „die schöne Königin" in Erfurt zu sehen, und nur durch einen Zufall wurde es verhindert,

---

1) Die Anzahl der Offiziere des neuen Regiments betrug 65; rechnet man dazu noch die übrigen in Erfurt befindlichen Offiziere der 3600 Mann starken Garnison, so dürfte die Zahl von Offizieren, die Schiller meint, dabei herauskommen.

2) Briefe des Grafen Neithardt von Gneisenau an Dr. Joh. Blasius Siegling, Professor der Mathematik in Erfurt, herausgegeben von Dr. Albert Pick. Erfurt, 1894, S. 16.

dass die Majestäten und der Sänger, — sie, die „die Höhen der Menschheit" in verschiedener Weise vertreten, einander hier trafen [1]."

Im Hinblick auf Schillers wiederholte und teilweise recht lang ausgedehnte Besuche in dieser Stadt, und im Bewusstsein der tiefen Verehrung, welche ihm hier in allen Schichten der Bevölkerung gezollt ward, hätten die Vorfahren der heutigen Erfurter sich wohl das Goethe'sche „Denn er war unser!" zu eigen machen können.

In richtiger Würdigung dieser heute ganz fest stehenden Thatsache erliess die Erfurter Polizei-Verwaltung unterm 10. Juni 1897 folgende amtliche Bekanntmachung:

„Die Steigerstrasse zwischen der Arnstädterstrasse und der Pförtchenstrasse erhält fortan den Namen Schillerstrasse [2]."

1) Charlotte von Schiller an Frau Friederike von Gleichen-Russwurm, Weimar, d. 2. Juni 1803, bei Urlichs, Charlotte von Schiller Bd. 1., S. 381, (Stuttgart 1860).

2) Allgemeiner Anzeiger für Stadt und Kreis Erfurt, Montag, den 21. Juni 1897.

Nachwort.

Ausser dem oben erwähnten, dem Beyer'schen Hause am „Plänchen" entstammenden „Schiller-Fenster" befindet sich in Erfurt noch ein sichtbares Erinnerungszeichen an den Dichter, nämlich ein aus der Handbibliothek desselben stammendes Buch. Dasselbe gehört der Erfurter Königlichen Bibliothek an, in die es wohl durch Kauf gelangt ist. Es ist betitelt:

Haoh Kjöh Tschwen,
d. i.
die angenehme Geschichte des Haoh Kjöh.

Ein chinesischer Roman, in vier Büchern. Aus dem Chinesischen ins Englische, und aus diesem in das Deutsche übersetzet. Nebst vielen Anmerkungen, mit dem Inhalte eines chinesischen Schauspiels, einer Abhandlung von der Dichtkunst, wie auch von den Sprüchwörtern der Chineser(!). und einem Versuche einer chinesischen Sprachlehre für die Deutschen.

Leipzig, bey Johann Friedrich Junius. 1766.
(Handschriftlich:)
Celeberrimo Vati

D. SCHILLERO
d. d. q. interpres; d. 5. Juli 1794.

Das Vorsatzblatt trägt den Namen des bekannten Kanzlers von Müller. Letzterer war also wohl nach Schillers Tode Eigentümer des Buches gewesen.

Das Buch, ein Geschenk des Übersetzers Christoph Gottlieb von Murr in Nürnberg, erregte Schillers lebhaftes Interesse. Da es ihm „ein so einziges Produkt in seiner Art" zu sein schien, „dass es verdiente wieder aufzuleben,"

so machte er am 29. August 1800 brieflich dem Berliner
Buchhändler und Verleger eines „Jounals der Romane"
Friedrich Gottlob Unger, den Vorschlag, er wolle den
chinesischen Roman für die von jenem herausgegebene
Zeitschrift neu bearbeiten, und noch am 7. April 1801
kommt er wieder darauf zu sprechen, ohne jedoch den Zeit-
punkt für die Lieferung des Manuskripts genau bestimmen
zu können [1].

Ist nun auch unser Dichter nicht mehr dazu gekommen, diese Schöpfung des von Murr'schen Fleisses
nach Wunsch zu benutzen, so haben doch desselben Autors
„Beyträge zu Geschichte des dreissigjährigen Krieges, in-
sonderheit des Zustandes der Reichsstadt Nürnberg während
desselben. Nebst Urkunden und vielen Erläuterungen zur
Geschichte des berühmten kaiserlichen Generalissimus
Albrecht Waldsteins, Herzogs zu Friedland" (Nürnberg
1790) dem Schöpfer der Wallenstein-Trilogie als historische
Quelle erhebliche Dienste geleistet [2].

Der „Chinesische Roman" aber spielte in Schillers
finanziellen Berechnungen noch später eine gewisse Rolle.
Letzterer machte nämlich über seine voraussichtlichen Ein-
nahmen im Jahre 1802 auf sieben Jahhre hinaus schriftliche
Voranschläge, die uns in seinem „Calender" [3] erhalten
sind. Da ist für 1803 jener Roman mit 330 Thalern an-
gesetzt; im Jahre 1806 will der Dichter von Crusius [4] in

---

1) Schillers Briefe. Herausgegeben und mit Anmerkungen versehen von Fritz Jonas. Kritische Gesamtausgabe. Stuttgart, Leipzig,
Berlin, Wien. VI. Bd. S. 191—193 und S. 267.

2) Robert Boxberger, „Zur Quellenforschung über Schillers
Wallenstein" u. s. w. Archiv f. Literaturgeschichte II. Bd. S. 169 ff. —

3) Schillers Calender vom 16. Juli 1795 bis 1805. Herausgegeben von Emilie von Gleichen-Russwurm geb. von Schiller. Stuttgart
1865, S. 180—181.

4) Siegmund Lebrecht Crusius hatte Schillers „Geschichte der
merkwürdigsten Rebellionen und Verschwörungen" verlegt. Vgl.: Ge-
schäftsbriefe Schiller's. Gesammelt, erläutert und herausgegeben von
Karl Goedeke, Leipzig 1875, S. 28—29.

Leipzig für seinen „Chinesischen Roman" (wohl eine Buch-
Ausgabe desselben Werkes) noch einmal 200 Thaler
Honorar erhalten. — Endlich erinnert noch ein ausschliess-
lich erfurtisches Literatur - Produkt durch den Namen
seines Verfassers an Schiller. Es ist das 1802 in Gotha
erschienene Buch: „Erfurt mit seinen Merkwürdigkeiten und
Alterthümern" von Dr. Ignatz L. Kajetan Arnold. Dieser
Literat, Romanschriftsteller und Musiker, der am 16. Oktober
1812, kaum 40 Jahre alt, hier in seiner Vaterstadt gestorben ist, muss ein Bekannter des Dichters gewesen sein:
denn er wird zweimal in Schillers „Calender"[1]) erwähnt,
darunter einmal, am 15. März 1799, mit einer Sendung
von Gedichten.

1) Schillers Calender S. 51. 74. — Vgl. K. Herrmann, Bibliotheca
Erfurtina. Erfurt 1863, S. 182 — 183.

www.ingramcontent.com/pod-product-compliance
Lightning Source LLC
Chambersburg PA
CBHW032344020726
47499CB00009B/3170